Die Sinnsprüche
Omars des Zeltmachers

Die Sinnsprüche Omars des Zeltmachers

Aus dem Persischen übertragen
von Friedrich Rosen

marixverlag

Neu gesetzte und überarbeitete Ausgabe für
marixverlag GmbH, Wiesbaden 2008
Der Text wurde behutsam revidiert nach der Ausgabe
Die Sinnsprüche Omars des Zeltmachers.
Aus dem Persischen übertragen von
Friedrich Rosen, Stuttgart-Berlin 1919
Covergestaltung: Nele Schütz Design, München
Bildnachweis: akg-images, Berlin
Lektorat: Dietmar Urmes, Dorsten
Satz und Bearbeitung: Medienservice Feiß, Burgwitz
Der Titel wurde in der Adobe Jenson gesetzt
Gesamtherstellung: GGP Media GmbH, Pößneck
Printed in Germany

ISBN: 978-3-86539-191-9
www.marixverlag.de

Inhalt

Aus dem Vorwort zur ersten Auflage

In fernen Wanderjahren im Orient sind die nachfolgenden Übersetzungen aus Omar Khajjam entstanden. Ein kleines Manuskript der Vierzeiler war mein steter Begleiter auf langen Karawanenwegen, die mich während eines Jahrzehnts kreuz und quer durch Vorderasien und namentlich das alte Perserland geführt haben. Die Vertiefung in die Gedankenwelt des Weisen von Nischapur bildete oft monatelang meine hauptsächliche geistige Nahrung. Ein kurzes Sinngedicht von vier Zeilen lässt sich auch im Sattel lesen und prägt sich mühelos dem Gedächtnis ein. Die Freude an der Tiefe des Gedankens und der Vollendung der Form führte dann oft zum Versuche, ob sich das Kleinod in die Fassung der Muttersprache umsetzen ließe, und wenn dies gelang, wurde die Verdeutschung abends beim Feuerschein der Karawanserei notiert. So entstanden allmählich diese Übersetzungen, die der Öffentlichkeit zu übergeben mir ursprünglich ganz fern lag.

Aber Freunde, denen ich gelegentlich eine Probe meiner Wiedergabe der Rubaijat zu hören gab, zeigten ein derartiges Interesse an den eigenartigen Versen des „Zeltmachers", dass ich mich dadurch angeregt fühlte, sie auch einem weiteren Kreise zugänglich zu machen. Was mich jedoch besonders in diesem Vorhaben bestärkte, war die außerordentliche Beliebtheit und Verbreitung, die Omars Vierzeiler durch die klassische Nachdichtung Edward Fitz Geralds in der ganzen Englisch sprechenden Welt gefunden haben und noch genießen, so dass es wohl tatsächlich keinen Ort auf dem Erdenrund gibt, an dem gebildete Englisch sprechende Menschen leben, wo nicht die Rubaijat des „Zeltmachers" bekannt und geschätzt wären, ein Widerhall, der sich äußerlich kundgibt in zahllosen „Omar Khayyam Societies", in stets neuen – meist künstlerisch schönen – Ausgaben, in den fabelhaften Preisen, die für einzelne Exemplare der ersten Ausgabe von Fitz Geralds Werk gezahlt werden.

Merkwürdig, dass bei uns in Deutschland der Name Omar Khajjam noch so gut wie unbekannt ist – und doch gibt es mehrere deutsche Übersetzungen der Vierzeiler. Schon 1827 hatte Rückert Omar Khajjam als einen „zaubervollen Dichter" gepriesen. Einige Übersetzungsproben gab Freiherr von Hammer-Purgstall in seiner „Geschichte der schönen Redekünste Persiens". Dann erschienen 1878 die „Strophen des Omar Chijjam", deutsch vom Grafen A. von Schack, denen bald die „Lieder und Sprüche des Omar Chajjam", verdeutscht durch Friedrich Bodenstedt, folgten. Außer diesen sind noch einige weniger bekannt gewordene deutsche Übersetzungen erschienen, die aber sämtlich, ebenso wie die von Bodenstedt, ohne Benutzung des persischen Textes und auch ohne Kenntnis der persischen Sprache aus den vorhandenen englischen und französischen Übersetzungen geschöpft sind. Wenn nun trotzdem der sonst so beliebte Dichter sich bei uns nicht eingebürgert hat – auch mir waren bei meinem Leben im Auslande die deutschen Übersetzungen völlig unbekannt geblieben –, so muss der Grund hierfür doch wohl zum Teil in der Übersetzung gesucht werden. Es liegt mir fern, an den Werken meiner Vorgänger Kritik üben zu wollen; doch lässt sich eins nicht verkennen, dass sowohl Schack wie Bodenstedt sich in Form und Inhalt oft allzu weit vom persischen Original entfernen. Die Form des Rubai, jener charakteristischen Versart, bei der die erste und zweite Strophe mit der vierten reimen, hat Bodenstedt wenig,

Schack nur ausnahmsweise verwendet. Hiermit haben sich beide eines hervorragenden Mittels begeben, den Gedanken wie einen gut geschliffenen Edelstein mit scharfen Linien und Flächen zu umgrenzen. Mehr noch als die Form weicht oft die Auffassung von dem Original ab. Ihr fehlt vielfach die philosophische Tiefe, die zweifellos das Wesen Omars ausmacht, die auch den Hauptreiz seiner Verse bildet. Weit besser hat Fitz Gerald den Geist der persischen Dichtung wiedergegeben, zugleich mit der charakteristischen Form, wenn auch sein Werk als eine sehr freie Nachdichtung oft englische Gedanken an Stelle persischer setzt. Die Übersetzungen dieser Nachdichtung sowie der französischen Übersetzung von Nicolas aber weichen naturgemäß noch weiter vom persischen Urtext ab, der augenscheinlich nicht benutzt worden ist. So fehlt es denn bisher an einer getreuen Wiedergabe der Rubaijat. Dieser Umstand ist es, der mich ermutigt hat, meine bescheidene Gabe der Leserwelt vorzusetzen, auch nachdem ich die schon bestehenden Übersetzungen kennen gelernt habe. Es war die Vertiefung in das Geistesleben und besonders die Philosophie eines Volkes, unter dem ich lange gelebt, eines Kulturvolkes, das seine Eigenart und Sprache seit acht Jahrhunderten nur wenig verändert hat, die mich zu meinen Verdeutschungen veranlasste. Sollte es mir gelingen, durch diesen bescheidenen Blütenstrauß etwas von dem Duft jenes Gartens, in dem ich so lange geweilt, in die Heimat mitzubringen und dem großen Denker Omar Khajjam in den Ländern deutscher Zunge einige neue Freunde zu gewinnen, so wird der Zweck dieser Veröffentlichungen erreicht sein.

Nicht ganz leicht habe ich mich dazu entschlossen, den Rubaijat einige Erläuterungen sowie einen Abriss über Omars Zeitalter, Leben und Weltanschauung hinzuzufügen. Das Epigramm muss für sich selbst wirken. Erklärungen brechen ihm – wie dem Witz – leicht die Spitze ab. Indessen liegen uns die Heimat Omars und seine Zeit so fern – es war die Zeit des ersten Kreuzzuges! –, dass man auch von dem gebildeten Leser, wenn er nicht gerade Orientalist ist, eine Kenntnis derselben nicht voraussetzen kann. Ich habe daher versucht, dasjenige, was mir für das Verständnis Omars besonders förderlich schien, so darzustellen, dass es jedem Gebildeten auch ohne Spezialkenntnisse verständlich sein muss. Hierzu kam aber noch ein anderer Beweggrund: Es ist in den meisten Biografien Omar Khajjams – in allen älteren und selbst bis in die neueste Zeit – so viel Veraltetes und Falsches, so viel Oberflächliches und Irreführendes enthalten und wird mit solcher Beharrlichkeit immer wieder aufgetischt, dass es mir an der Zeit schien, an Stelle dieses Wustes einmal etwas mehr geschichtliche Wahrheit zu setzen. Unsere Kenntnis des Weisen von Nischapur ist während des letzten Jahrzehnts durch die bahnbrechende Untersuchung Valentin Schukowskis, sodann durch die vortrefflichen Arbeiten meiner gelehrten Freunde E. G. Browne, Professor in Cambridge, E. D. Roß, Leiter der mohammedanischen Hochschule in Kalkutta, und Dr. Arthur Christensen, Dozent an der Universität in Kopenhagen, so sehr gefördert worden, dass wir ein ganz neues, zwar viel komplizierteres, aber doch auch im Rahmen der Zeitgeschichte viel verständlicheres Bild vom Leben und Wirken Omars gewinnen, als uns dies auf Grund der bisherigen Quellen möglich war. Natürlich wird dies Bild ein Torso bleiben, aber ich hoffe, dass dieser Torso in seiner Ursprünglichkeit mehr Interesse bietet als das durch spätere Zusätze verunstaltete Zerrbild. An dem geschichtlichen Omar Khajjam werden, so hoffe ich, manche Züge von Interesse sein, so namentlich die Berichte seiner Zeitgenossen über ihn und noch mehr seine eigenen Anschauungen, wie sie sich aus seinen Prosaschriften und aus seinen aus dem Arabischen übertragenen Versen ergeben. Besonders aber dürfte sein von Christensen entdeckter philosophischer Traktat zu seiner Beurteilung neue Gesichtspunkte eröffnen.

Da meine Darstellung nicht speziell für Fachmänner, sondern für die gebildeten Leser überhaupt geschrieben ist, habe ich zumeist auf Quellenangaben verzichtet. Für diejenigen aber, welche den Wunsch hegen, sich näher mit dem Gegenstande vertraut zu machen, habe ich einige bibliographische Notizen über die neueste Omar-Khajjam-Forschung – d. h. von 1897 an – gegeben und hoffe, dass mancher meiner Leser sich angeregt fühlen mag, sich eingehender mit dem „Zeltmacher" und seiner Zeit zu beschäftigen. Er wird dies tun können, ohne sich in das Labyrinth orientalischer Studien zu verlieren, denn Omar Khajjam gehört der Weltliteratur an.

Tanger, den 21. März 1909

Fr. Rosen

Vorwort zur dritten und vierten Auflage

Als im Jahre 1909 die erste Auflage dieses Buches erschien, war Omar Khajjam in Deutschland noch ziemlich unbekannt. Dank der formvollendeten und treuen Übersetzung Friedrich Rosens ist das seitdem anders geworden. Die eigenartige Poesie des Dichterphilosophen hat sich so rasch in unserer Literatur eingebürgert, dass wir schon bald in der Lage waren, eine zweite Auflage seiner Sinnsprüche zu veranstalten. Für diese hatte der Herr Herausgeber auf unsere Bitte eine Reihe von Vierzeilern aus seiner Sammlung neu zur Verfügung gestellt. Sie erschien also gegen die erste Auflage stark vermehrt, wodurch ihr Wert nicht unwesentlich erhöht wurde.

Dasselbe ist in noch höherem Maße bei der dritten und vierten Auflage der Fall, bei der sich die Zahl der verdeutschten Sinnsprüche auf 152 erhöht hat.

Stuttgart, Januar 1921

Die Sinnsprüche Omars des Zeltmachers

Das Rubai (Mehrzahl Rubaijat) ist ein Gedicht von vier Zeilen, von denen stets die erste, zweite und vierte sich reimen, während die dritte meist außerhalb des Reimes steht. Nur selten haben alle vier Zeilen denselben Reim. Das Rubai drückt in epigrammatischer Kürze einen eigenen Gedanken aus, und zwar meist in der Weise, dass die vierte Zeile zugleich mit der Wiederkehr des Reims eine Art Schlußakkord, oft eine unerwartete Wendung bringt. Ein jedes Rubai ist ein selbständiges Gedicht. Der scheinbare Zusammenhang in der hier folgenden Anordnung entspricht nicht dem persischen Original, in welchem die Rubaijat nach einem alphabetischen System ohne Rücksicht auf den Sinn geordnet sind.

Vergänglichkeit

1.

Des Lebens Karawane zieht mit Macht
Dahin, und jeder Tag, den du verbracht
Ohne Genuss, ist ewiger Verlust. –
Schenk ein, Saki! Es schwindet schon die Nacht.

2.

Vom Himmel reißt der Morgen das schwarze
Tuch
Der Nacht, drum füll mit Magierwein den Krug,
Saki, und reib dir deine Augen wach!
Glaub' mir, du schläfst dereinst noch lang genug. –

3.

Weißt du, warum bei jedes Frührots Schein
Der Hahn dich schreckt durch sein eindringlich
Schrein?
Weil wieder eine Nacht vom Leben schwand,
Und du schläfst sorglos in den Tag hinein.

4.

Unter des Mondes wechselvollem Licht
Das Schicksal uns kein Morgenrot verspricht.
Drum trink im Schein des Monds, denn mancher
Mond
Blickt' auf die Erde einst und sieht uns nicht!

5.

Geschlechter sind erglüht wie helle Funken,
Haben gelebt, geliebt, gehasst, getrunken;
Sie leerten hier ein Glas und sind verlöscht,
Sind in den Staub der Ewigkeit versunken.

6.

Die goldnen Lichter, die am blauen Weltrad gehn,
Haben sich viel gedreht und werden viel sich
drehn. –
Und wir, im ew'gen Kreislauf der Erscheinungen,
Kommen auf kurze Zeit, um wieder zu vergehn.

7.

Die wir der göttlichen Begeist'rung Wein
genossen,
Aus niedrem Stoff erreicht des Himmels höchste
Sprossen,
Wenn alles Körperliche endlich abgestreift,
Werden wir wieder Staub, aus dem wir sind
entsprossen. –

8.

Der du so tief gegrübelt Tag und Nacht
Und über Welt und Leben nachgedacht,
Sieh nur einmal, wie's dieses Schicksalsrad
Bisher mit allen andern hat gemacht!

9.

Das Weltrad hat stets Böses nur im Sinn,
Was es auch bringt, bleibt doch nicht dein
    Gewinn.
Und legt es wirklich mal ein Zuckerstück
Dir in den Mund, schluck's nicht, 's ist Gift darin.

10.

Was hat dies Weltrad nicht viel edles Blut
vergossen!
Wie manche Blume welkt, die kaum der Erd'
entsprossen!
Verlass dich, Knabe, nicht auf deiner Jugend
Glanz!
Wie manche Knospe fiel, eh' sie noch ward
erschlossen!

11.

In diesem Garten, der erstickt das Gute,
Bring' ich mein Leben hin mit trübem Mute,
So wie die Knospe ist mein Herz beengt
Und wie die Tulpe rot von eignem Blute.

12.

Die Rose, die in meinem Garten stand,
Sprach: „Ich bin Joseph aus Ägyptenland."
„An welchem Zeichen", fragt' ich, „kenn ich das?"
Sie sprach: „An meinem blutigen Gewand."

13.

Was hab' ich denn von all des Lebens Plagen? –
Nichts!
Von aller meiner Müh' davongetragen? – Nichts!
Was nützt mir's, dass ein Licht ich war, wenn ich verbrannt?
Was nützt das Glas Dschemschids, wenn's doch zerschlagen? – Nichts!

14.

All unser Leben und Streben – was taugt's?
Und all unser Wirken und Weben – wer
    braucht's?
Im großen Schicksalsofen verbrennt
So vieles Edle und Gute – wo raucht's?

15.

Wenn längst wir nicht mehr sind, wird sich dies
    Weltrad drehn,
Wenn unsre Spuren längst im Sand der Zeit
    verwehn.
Einst waren wir noch nicht – und 's hat nichts
    ausgemacht;
wenn einst wir nicht mehr sind – wird's auch noch
    weitergehn.

16.

Was kann das Leben uns denn nun noch weiter
frommen?
Was es uns etwa bringt, wird uns auch gleich
genommen!
Wüssten die Ungebornen nur, wie wenig uns
Dies Erdenleben gibt – sie würden nicht erst
kommen.

17.

Da ja in diesem Haus mit den zwei Toren
Von allem, was wir uns zur Lust erkoren,
Uns nichts verbleibt, so wär es besser schon,
Uns hätte unsre Mutter nie geboren. –

18.

War einst ein Schloss, das bis zum Himmel ragte,
Vor dessen Mauern Königsstolz verzagte,
Auf dessen Trümmern klagt jetzt des Täubchens
Ruf,
Der klingt, als ob's nur „Wo, wo? Wo, wo?" fragte.

19.

Ein Vogel saß einst auf dem Wall von Tus,
Vor ihm der Schädel Königs Keikawus,
Und klagte immerfort: „Afssus, afssus!
Wo bleibt der Glocken und der Pauken Gruß?"

20.

Dem Töpfer sah einst im Basar ich zu,
Wie er den Lehm zerstampfte ohne Ruh.
Da hört' ich, wie der Lehm ihn leise bat:
„Nur sachte, Bruder, einst war ich wie du."

21.

Der Töpfer in der Werkstatt stand
Und formte einen Krug gewandt,
Den Deckel aus eines Königs Kopf,
Den Henkel aus eines Bettlers Hand.

22.

O Töpfer, nimm dich etwas mehr in acht,
Behandle deinen Ton mit mehr Bedacht!
Du hast vielleicht den Finger Feriduns
Und Cyrus' Hand mit auf dein Rad gebracht.

23.

Einst schwebte dieser Krug, wie ich, in
Liebesbangen,
In dunkler Locken Netz war er, wie ich, gefangen;
Und was am Hals des Krugs als Henkel du
erblickst,
War eine Hand einst, die der Liebsten Hals
umfangen.

24.

Gestern zerschlug ich meinen Krug mit Wein
In meiner Trunkenheit an einem Stein.
Da sprach des Kruges Scherbe: „Wie du bist,
War ich, und wie ich bin, wirst du einst sein."

25.

Was predigst du vom Fasten und vom Beten?
Statt zur Moschee lass uns ins Weinhaus treten,
Füll Krug und Becher, eh sie deinen Staub,
Khajjam, zu Krügen und zu Bechern kneten.

26.

O komm, Geliebte, komm, es sinkt die Nacht,
Verscheuche mir durch deiner Schönheit Pracht
Des Zweifels Dunkel! Nimm den Krug und trink,
Eh man aus unserm Staube Krüge macht.

27.

Lass uns am Bachesrand im Grünen liegen:
Und such an Krug und Becher dein Vergnügen!
Manch holde Maid, zypressenschlank wie du,
Ward hundertmal zu Bechern und zu Krügen. –

28.

Dort auf dem Wiesengrün, vom Bach umflossen,
Sind tausend prächt'ge Blumen aufgeschossen.
Tritt leise auf das Grün! Wer weiß, ob's nicht
Aus einer Blumenwangigen Staub entsprossen! –

29.

Wo aus der Erde Tulpen rot entsprossen,
Ist sicher eines Königs Blut geflossen.
Und wo ein Veilchen aus der Erde blickt,
Hat einst ein holdes Auge sich geschlossen.

30.

Siehst du der Blumen Pracht, das frische Laub?
In einer Woche ist's des Herbstwinds Raub.
Drum trink und pflücke nur die Blumen schnell,
Eh du wie sie zerfallen bist zu Staub!

31.

Vor dem, was kommt, werd' dir die Wang' nicht
blass,
Von dem, was war, werd' dir das Aug' nicht nass!
Gras' nur froh der Erde Halme ab,
Eh dich die Sichel selbst hinmäht wie Gras.

32.

Nimm an, dein Leben sei ganz nach Wunsch
gewesen – was dann?
Und wenn das Lebensbuch nun ausgelesen – was
dann?
Nimm an, du lebtest in Freuden hundert Jahr
Nimm meinthalb' an, es seien zweihundert
gewesen – was dann?

33.

Und lebtest du dreihundert Jahr und drüber noch
hinaus,
Aus dieser Karawanserei musst du einst doch
hinaus.
Ob du ein stolzer König warst oder ob bettelarm,
Das kommt an jenem letzten Tag aufs selbe doch
hinaus.

34.

Von allen, die den weiten Weg gemacht,
Hat keiner Nachricht noch zurückgebracht.
Lass nur nichts liegen in dieser Herbergswelt!
Nie kehrt zurück, wer sich erst aufgemacht.

35.

Der Jugend Buch ist aus – und war doch kaum
begonnen!
Kaum hat der Lenz geblüht, ist er auch schon
verronnen!
Ich merkt nicht, wie sie kam, noch wie sie flog
davon,
Die holde Nachtigall, die Zeit der Jugendwonnen.

36.

Hin ist die Jugendzeit mit ihrem Glanz und
Blinken –
Herb ward des Lebens Trank, doch muss ich ihn
ja trinken!
Mein Leib, einst wie ein Pfeil, ist jetzt gekrümmt
zum Bogen,
Die Sehne ist der Stab, an dem ich nun muss
hinken.

37.

Zum Meister ging ich einst – das war die
Jugendzeit –,
Dann hab' ich mich der eigenen Meisterschaft
gefreut.
Und wollt ihr wissen, was davon das Ende ist?
Den Staubgebor'nen hat wie Staub der Wind
zerstreut. –

38.

O Zeltmacher, dein Leib gleicht einem Zelt,
Der Sultan „Geist“ nur kurze Rast drin hält.
Und wenn der Sultan sich zum Aufbruch schickt,
Dann kommt der Tod und bricht es ab, das Zelt.

Welträtsel

39.

Von dieser Erdenwelt scheid' ich nun ab,
Die eine Zeitlang mir ein Obdach gab;
Von allen Rätseln ward mir keins gelöst,
Und tausend Zweifel nehm' ich mit ins Grab.

40.

Als ich noch in der goldnen Jugend stand
Schien mir des Daseins Rätsel fast bekannt.
Doch jetzt, am Schluss des Lebens, seh' ich wohl,
Dass ich von allem nicht ein Wort verstand.

41.

Ich war ein Falke, den sein kühner Flug
Hinauf zum Reich der ew'gen Rätsel trug.
Dort fand ich keinen, der sie mir enthüllt,
Und kehrt' zur Erde wieder bald genug.

42.

Hoch überm Firmament sucht' ich die Quelle
Von Vorbestimmung, Paradies und Hölle.
Da sprach mein weiser Lehrer: „Freund, in dir
Allein sind Kismet, Paradies und Hölle."

43.

Fiel Gut' und Böses dir im Leben zu,
Ward Not und Angst dir oder Glück und Ruh;
Schreib's nicht dem Weltrad zu, das Weltrad ist
Noch tausendmal ohnmächtiger als du! –

44.

Von dieses Weltrads Drehung verstand ich nichts,
Und außer Zweifeln darunter fand ich nichts.
Im Ringen nach Erkenntnis bracht' ich hin
Mein langes Leben – und doch erkannt' ich nichts.

45.

Was diesen goldnen Dom in Umlauf einst gesetzt,
Und wie sein stolzer Bau ins Wanken kommt
zuletzt,
Hat keines Weisen Stein zu finden noch vermocht
Und keine Waage noch, kein Maßstab abgeschätzt.

46.

Kein Mensch erklärt die Rätsel der Natur,
Kein Mensch setzt einen Schritt nur aus der Spur,
Die seine Wesensart ihm vorschrieb, und es bleibt
Der größte Meister doch ein Lehrling nur.

47.

Von diesem Kreis, in dem wir hier uns drehn,
Kann ich nicht Anfangspunkt, nicht Endpunkt
sehn.
Noch keiner sagt' mir, wo wir kamen her,
Und keiner weiß, wohin von hier wir gehn.

48.

Mit Schmerzen führt'st ins Dasein Du mich ein.
Das Leben gab mir nichts als lauter Pein,
Mit Widerstreben scheid' ich. Sprich, was war
Der Zweck von meinem Kommen, Gehn und
Sein?

49.

Was hat es Dir genützt, dass ich gekommen?
Was hilft's Dir, wenn Du einst mich
fortgenommen?
Ach, keines Menschen Ohr hat je vernommen,
Wozu von hier wir gehn, wozu hierher wir
kommen.

50.

Als Du das Leben schufst, schufst Du das
Sterben:
Uns, Deine Werke, weiht'st Du dem Verderben.
Wenn schlecht Dein Werk war, sprich, wen trifft
die Schuld?
Und war es gut, warum schlägst Du's in Scherben?

51.

Zuerst hatt' ich mein Ich noch nicht erkannt,
Zuletzt zerschneid'st Du des Bewusstseins Band.
Da dies von Anfang Deine Absicht war,
Was macht'st Du mich erst mit mir selbst
bekannt?

52.

Die einen streiten viel um Glauben und
Bekenntnis,
Die andern grübeln tief nach Wissen und
Erkenntnis;
So wird es gehn, bis einst der Ruf sie schreckt:
Es fehlt so euch wie euch zur Wahrheit das
Verständnis.

53.

Um Dogmen und Satzungen streiten die einen,
Die andern um Glauben oder Verneinen.
Wer sind nun die, denen die Wahrheit sich zeigt?
Die Antwort ertönt: sie zeigt sich keinem.

54.

Das Rätsel dieser Welt löst weder du noch ich,
Jene geheime Schrift liest weder du noch ich. –
Wir wüssten beide gern, was jener Schleier birgt,
Doch wenn der Schleier fällt, bist weder du noch
ich.

55.

Die ihre Lust nur stets gesucht im Wein,
Und die gegrübelt nur nach Schein und Sein,
Sie alle fanden der Wahrheit Faden nicht,
Redeten wirr und schliefen schließlich ein.

56.

Könnt'st lebend du der Welt Geheimnis fassen,
Würd'st auch im Tod von diesem Hort nicht
lassen.
Was lebend du nicht fasst, wie willst du das
Erst fassen, wenn die Sinne dir erblassen?

57.

Der Welt Geheimnis wirst du nicht ergründen,
Das Wort, das keiner fand, wirst du nicht finden.
Schaff dir mit Wein ein Erdenparadies!
Ob's dort ein Paradies gibt, wird sich finden.

58.

Von allen, die auf Erden ich gekannt,
Ich nur zwei Arten Menschen glücklich fand:
Den, der der Welt Geheimnis tief erforscht
Und den, der nicht ein Wort davon verstand.

Lehre

59.

In einem Arm den Krug, im andern den Koran,
Bald auf dem graden Weg, bald auf verbot'ner
Bahn,
So bin ich unter dem türkisgewölbten Dom
Kein ganzer Heide und kein rechter Muselman.

60.

Als Gott einst meinen Brei zurechtgegossen,
Ist Gut' und Böses mit hineingeflossen.
Drum kann ich wahrlich auch nicht besser sein,
Als Er mich selbst einst in die Form gegossen.

61.

Als unsern Lehm einst rührte Gottes Spaten,
Wusst' Er im Voraus alle unsre Taten.
Drum sünd'gen wir nicht, ohne dass Er's will,
Und dafür soll'n wir in der Hölle braten?

62.

Nach Regeln der Vernunft zu leben,
Ist zwar ein gar vergeblich Streben,
Doch Meister Schicksals flinke Hand
Schlägt tüchtig zu und lehrt uns leben.

63.

Der Griffel, der am ersten Tag geschrieben
Der Wesen Schicksal, ist dann stehn geblieben.
Nicht mehr kann ich erreichen, als er schrieb.
Umsonst ist all mein Streben, Hoffen, Lieben!

64.

Da diese Welt doch nur ein Gaukelstück,
Hoffst du umsonst in ihr auf wahres Glück.
Und jene Feder, die dein Schicksal schrieb,
Sie kehrt um deinetwillen nicht zurück.

65.

Durch Heuchelei kannst du das Volk belügen,
Was Gott dir schickt, darein musst du dich fügen;
Was du für List und Ränke auch ersinnst,
Was hilft's? Das Schicksal kannst du nicht
betrügen.

66.

Wie kommt's, dass du vorm Schicksal oft gebebt
hast?
Was macht's, was du getan, gesagt, erstrebt hast?
Wenn du vom Leib einst ziehst des Lebens Kleid,
Was macht's dann, ob du überhaupt gelebt hast?

67.

Der bin ich nicht, dass ich vorm Tode könnte
beben;
Viel eher als vorm Tod bangt es mir noch vorm
Leben.
Gott hat das Leben mir gelieh'n auf kurze Zeit,
Wenn Er's zurückverlangt, bin ich's bereit zu
geben.

68.

In jener Nacht, wo keine Sterne blinken,
Wo keines Auswegs Hoffnungsstrahlen winken,
Schrick nicht zurück, wenn deine Reihe kommt!
Der Becher kreist, und jeder muss ihn trinken. –

69.

Was auch vom Schicksal dir beschieden sei,
Begnüge dich damit und lebe frei!
Lass dir nichts bieten, und wär's von Rustem Sal,
Lass dir nichts schenken, und wär's von Hatim
Tai!

70.

Hast du ein eignes Heim nur schlecht und recht,
Und bist du niemands Herr und niemands
Knecht,
Dazu ein halbes Brot und frischen Trunk,
Dann hast du's, Freund, in dieser Welt nicht
schlecht.

71.

Man sagte einst, dass Ansehn in der Welt hat,
Wen großer Ahnen Name hoch gestellt hat
Oder wen eignes Können macht' zum Mann.
Heut fragt man nur danach, ob einer Geld hat.

72.

Die Großen, die die Ämter all gepachtet
Und vor Begier nach Gold und Ehr'
verschmachtet,
Die sehen den kaum als Menschen an,
Der nicht, wie sie, nach Geld und Titeln trachtet.

73.

Die keinen Schritt jemals vom Weg gemacht,
Die bis zum Morgen nie die lange Nacht
Im Suchen nach der Wahrheit durchgewacht,
Und manchen Braven um Leib und Ehr' gebracht.

74.

Lass Weise nur und Edle in dein Haus,
Nimm vor dem Toren meilenweit Reißaus.
Reicht dir ein Weiser Gift, so trink's getrost,
Reicht Gegengift ein Tor dir, gieß es aus!

75.

Der Menschen eitle Lust gleicht einem bösen
Hunde,
Der durch sein leer' Gebell uns stört zu jeder
Stunde,
Fuchsartig schleicht und wie ein Hase schläft,
Mit Wolfestücke uns versetzt manch tiefe Wunde.

76.

Da ich nie das gewollt, was ich gesollt,
Ward meinen Wünschen Achtung nie gezollt,
Da alles, was Er will, das Rechte ist,
Ist Unrecht alles das, was ich gewollt.

77.

Aus zarten Blumen wobst Du ihr Gesicht,
Gabst ihm des Mondes Glanz, der Sonne Licht,
Und dann verbotst Du mir, sie anzusehn!
Das heißt doch: Kehr den Becher und gieße nicht!

78.

Solche Verbote, wo es ausgeschlossen,
Dass man sie einhält, sind denn das nicht Possen?
Ist das nicht so, als riefst Du: „Umgedreht
Den vollen Becher, doch nichts ausgegossen?“

79.

Du hast uns tausend Fallen aufgestellt
Und sprichst: „Verdammt ist der, der in sie fällt!“
Wir sündigen – und tun doch Dein Gebot,
Denn Dein Gebot beherrscht ja doch die Welt. –

80.

Du mischtest mich zur Freude wie zum Leide.
Du wobst in mir die Wolle und die Seide,
Gutes und Böses sind in mir von Dir,
In mein Geschick schrieb Deine Hand sie beide.

81.

Frei von der Welt ward ich noch nie hienieden
Und nie noch war ich mit mir selbst zufrieden.
Solang' ich hier schon in die Lehre geh',
Mir ward noch keine Meisterschaft beschieden.

82.

An dieser Welt bleib' ich doch immer kleben,
An ihr erlahmt mein noch so hohes Streben,
Kein Wissen, das mich über sie erhebt,
Und kein Verstand, um ohne sie zu leben.

83.

Die einen verfielen in Selbstgefälligkeit,
Die andern hoffen auf die Herrlichkeit
Von Huris und Palästen. Ach, wie weit
Sind beide vom Weg zu Dir, wie weit, wie weit! –

84.

O Herr! Von Selbstgefälligkeit erlöse mich!
Lenk mich zu Dir, und von mir selbst erlöse mich!
Solang ich nüchtern bin, kenn' Gut und Böses ich,
Vergessen lass im Rausch Du Gut und Böse mich.

85.

Als gestern mich mein Fuß ins Weinhaus trug,
Sah einen trunknen Greis ich, den ich frug:
„Fürcht'st du dich nicht vor Gott?" Er aber sprach:
„Gott ist ja gnädig, trink! Du bist nicht klug."

86.

Dass einst ich trinken würde zu meiner Zeit,
Hat Gott gewusst seit aller Ewigkeit.
Drum reich' mir nur den Trunk, denn tränk' ich
nicht,
Wo bliebe da Seine Allwissenheit?

87.

Khajjam!, ob deiner Sünden Last was schämst du
dich?
Warum zu bess're Einsicht nicht bequemst du
dich?
Dem, der nicht sündigt, wird auch nicht verziehn;
Vergebung folgt der Sünde – drum was grämst du
dich?

88.

Nur durch mein Trinken prosperiert die Schänke,
Der Wirt wär' längst bankrott, wenn ich nicht
tränke.
Gern tät ich Buße, doch die Wohltat fehlt,
Wenn ich nicht mehr den Schritt zum Weinhaus
lenke.

89.

Warum denn nur den Weltlauf angeklagt?
Warum mit Grübeln nur das Herz zernagt?
Sei guter Dinge, denn man hat dich ja
Von allem Anfang nicht um Rat gefragt.

90.

Dass ich geboren ward, verdank' ich Deiner Huld,
Mein hohes Alter Deiner Langmut und Geduld.
Nach hundertjähr'gem Sündenleben will ich sehn,
Ob Deine Gnade größer oder meine Schuld.

91.

Ich hab' auf Deine Huld mich ganz und gar
verlassen
Und Deiner Lehren Weg seit manchem Jahr
verlassen.
Wo Deine Gnade strahlt, ist ja doch alles gleich:
Versäumt ist wie Geschehn, Getan wie
Unterlassen.

92.

Der Böses du getan und Gutes unterlassen
Und dich auf Gottes Huld und Gnade hast
verlassen,
Glaub mir!, trotz Gottes Huld ist doch am
Jüngsten Tag
Versäumt nicht wie Geschehn, Getan nicht
Unterlassen.

93.

Alle Begierden schlug mir aus dem Sinn ich
Und aller Menschen Freundschaften gab hin ich
Doch, lebt' ich wie ein Mönch im Kloster auch,
Du weißt's und ich: So wie ich bin, so bin ich.

94.

O halt mir fern des Lebens bange Sorgen,
Mein böses Tun halt vor der Welt verborgen;
Lass heut mich glücklich sein, und was Dir dann
In Deiner Gnade gut dünkt – tu mir morgen.

95.

O Frömmler, einen Wunsch nur mir erfülle!
Spar deinen guten Rat und schweig mir stille.
Glaub mir, ich geh' gradaus, du siehst nur schief,
Drum lass mich gehn und kauf dir eine Brille!

96.

Zu dem Propheten sollt ihr gehn und sagen:
„Es läßt Khajjam dich grüßen und dich fragen:
Wie kommt's, dass saure Milch du mir erlaubt,
Und dass ich süßem Weine soll entsagen?"

97.

Geht zu Khajjam und sagt, ich ließ ihm sagen:
„Ein Tor nur kann so unvernünftig fragen.
Den Weisen trifft ja nicht mein Weinverbot,
Allein dem Toren musst' ich ihn versagen."

98.

Was heut' hierher mich trieb? Ich sag' es
unverhohlen:
Ich hatt' in der Moschee 'nen Bettteppich
gestohlen,
Der ist jetzt alt und schlecht, drum kam – ein
seltner Gast –
Ich heute wieder her, 'nen neuen mir zu holen.

99.

Mir steht nicht die Moschee und nicht die Kirche
offen,
Mein Wesen ward gemischt, Gott weiß aus was
für Stoffen!
Ein Derwisch ohne Glauben, ein Weibsbild ohne
Reiz,
Auf dieser Welt kein Heil, auf jene Welt kein
Hoffen.

100.

In Kirchen und Moscheen und Synagogen
Wird man um seiner Seele Ruh' betrogen.
Doch dem, der der Natur Geheimnis ahnt,
Wird keine Angst vorm Jenseits vorgelogen.

101.

Hölle und Paradies sah keines Menschen Blick.
Wer kam denn je zu uns aus jener Welt zurück?
Umsonst ist unsre Angst, vergebens unser Hoffen,
Ein Trug des Jenseits' Qual, ein Wahn des Jenseits' Glück! –

102.

Wozu in Kirchen und Moscheen die Plage?
Wozu nach Höll' und Paradies die Frage?
Wo auf die Tafel doch des Meisters Hand
Das, was geschehn soll, schrieb am ersten Tage!

103.

Kaaba und Götzenhaus bedeuten Knechtung,
Der Christen Glocken, hört, sie läuten Knechtung.
Kirche und heil'ge Schnur und Rosenkranz und
Kreuz,
Wahrlich, sie alle nur bedeuten Knechtung.

104.

Rastlos durchwandert' ich die Welt wohl viele
Male,
Zu suchen nach Dschemschids weltspiegelndem
Pokale.
Doch als der Meister mir den Kelch genau
beschrieb,
Merkt' ich, ich selber war Dschemschids berühmte
Schale.

105.

Der ganzen Schöpfung letzter Zweck sind wir,
Im Weltenauge sind die Sehkraft wir.
Die ganze Welt ist wie ein großer Ring,
Wir sind der Edelstein, des Ringes Zier.

106.

Ein Wille außer Ihm im All regiert nicht,
Das, was Sein Wille nicht befiehlt, passiert nicht.
Alles, was ist, ist so, wie Er's gewollt,
Was nicht so ist, wie's sein soll, existiert nicht.

107.

Da doch nur eintrifft, was Er zugelassen,
Wie magst du da noch große Pläne fassen?
Lad dir nicht mehr auf, als du tragen kannst;
Zuletzt heißt's doch nur: gehn und gehen lassen. –

108.

Wie einen Poloball in die Kreuz und Quer
Schlägt dich das Schicksal, wirft dich hin und her.
Sag nichts und füg dich drein, denn das Warum
Von allem weiß nur Er allein, nur Er.

109.

Geht es dir gut, so ist's nur Gottes Huld;
Und geht dir's schlecht, bist du daran nicht schuld.
Ohne dein Mittun wird die Welt regiert,
Drum gibt's nur eine Weisheit, die Geduld!

110.

Du fragtest mich nach der Erscheinungswelt,
Willst wissen, was der Weise von ihr hält?
Ein Nebelbild, das aus dem Weltmeer steigt
Und wiederum zurück ins Weltmeer fällt.

111.

Dies Spiegelbild der Welt ist leerer Schein,
Kein Weiser hält es für das wahre Sein.
Sei guter Dinge, trink der Traube Saft,
Er wird von diesem Trugbild dich befrei'n.

112.

Der Tropfen weint: „Wie bin vom Meer ich weit!"
Das Weltmeer lacht; „Vergeblich ist dein Leid!
Sind wir doch alle Eins, sind alle Gott –
Uns trennt ja nur das winz'ge Pünktchen ‚Zeit'. –"

113.

Wir Zwei sind einem Zirkel zu vergleichen:
Wenn auch die Spitzen auseinanderweichen,
Sind wir doch nur ein Körper, und der Kreis
Muss wieder seinen Ausgangspunkt erreichen.

114.

War auch der Tugend Kleinod nicht das meine,
Strahlt' ich auch nicht in voller Sündenreine,
So zweifl' ich doch an Deiner Gnade nicht,
Nannt' ich doch niemals Zwei das ewig Eine.

Wein und Liebe

115.

Des Schlosses Zinnen färbt des Frührots Strahl,
Der König Tag gießt Wein in den Pokal,
Der Frühaufsteher von des Daches First
Schmettert sein „Uschrubu!" ins dunkle Tal. –

116.

Die Zeit des Frühtrunks rückt heran, o Schenke!
Zum Weinhaus führ mich hin, wohlan, o
Schenke!
Was fruchtet jetzt noch frommer Rat, sei still,
Spar deine Sprüche und stoß an, o Schenke!

117.

Heut, wo noch Rosendüfte mich umschweben,
Lass froh mich trinken von dem Saft der Reben
Und schilt ihn nur nicht, dass er bitter schmeckt;
Er muss ja bitter sein, sonst wär' er nicht mein
Leben. –

118.

Bis einst ich muss ins ew'ge Nichts versinken,
Lass ich des Lebens Lust mir freundlich winken.
Solang ich war und bin und werde sein,
Trank ich und trinke ich und werd' ich trinken.

119.

Eh dich die Sorgen ganz erschlagen haben
Sollst du am rosenfarbenen Wein dich laben;
Du bist ja doch kein Gold, das man verscharrt,
Um es dann später wieder auszugraben!

120.

Ist Wein auch Sünde, mach dir nichts daraus,
Bei Geige und Gesang halt' frohen Schmaus!
Reicht man dir den Pokal mit Purpurwein,
Lass keinen Tropfen drin, trink alles aus!

121.

Besieh die Sache nur einmal bei Licht!
Wenn einer von den Muckern zu dir spricht:
„Ich trinke nicht, weil ich einst sterben muss" –
Du stirbst ja, ob du Wein trinkst oder nicht! –

122.

Man sagte mir: „Trink doch nicht so viel Wein!
Was wäscht denn je von solcher Schuld dich rein?"
„Der Liebsten Antlitz und des Weines Gold!
Kann glänzender wohl die Entschuld'gung sein?" –

123.

Mit Weltschmerz deine Seele plage nicht!
Um das, was einmal hin ist, klage nicht!
An Wein und süßen Lippen lab dein Herz,
Und in den Wind dein Leben schlage nicht!

124.

Soweit ich denken kann, stets hielt gefangen
Das Schicksal grausam mich in seinen Zangen.
Schad', dass uns angerechnet wird die Zeit,
Die ohne Wein und Liebe uns vergangen.

125.

Die Lenze, die da kommen und entschweben,
Sie reißen Blatt für Blatt von unserm Leben;
Doch trinke darum nicht des Trübsinns Gift,
Trinke sein Gegengift im Saft der Reben.

126.

Da nun einmal das Glück den meidet, der
Verstand hat,
Und da man Toren nur im Glücke stets gekannt
hat,
So trink, was den Verstand benimmt, ob dann
Das Glück nicht Sympathie mit deinem
Unverstand hat.

127.

Seit Mond und Venus ihre Bahnen gehn,
Hat man was Bessres nicht als Wein gesehn.
Mich wundert's nur, dass jemand Wein verkauft!
Was kann er Bessres denn dafür erstehn?

128.

Der Koran sagt, im Paradies sei Wein
Der Frommen Lohn und holde Mägdelein.
Dann sei schon hier mir Lieb' und Wein erlaubt,
Wenn's droben doch dasselbe nur soll sein!

129.

Ihr sagt, es schmachtet einst im Höllenbrand,
Wer hier an Lieb' und Wein Gefallen fand. –
Das kann doch nicht so sein, sonst wäre ja
Das Paradies so leer wie meine Hand.

130.

Ich trinke nicht aus bloßer Lust am Zechen,
Noch um des Korans Lehre zu durchbrechen,
Nur um des Nichtseins kurze Illusion! –
Das ist der Grund, aus dem die Weisen zechen.

131.

Der flüssige Rubin, der sich ergießt
Und lachend aus dem Hals der Flasche fließt,
Ist eines Herzens Blut – und der Kristall
Ist eine Träne, die ihn rings umschließt.

132.

Den Weg zur Rose hat noch nie gefunden,
Wer nicht auch ihres Stachels Schmerz
empfunden.
Nie wär' der Kamm zu Liebchens Haar gelangt,
Trüge sein Leib nicht hundert tiefe Wunden.

133.

Wenn Du mit meinem Elend Mitleid hast,
Nimm von der Schulter mir der Sünden Last!
Verzeih dem Fuß, der nach der Schenke strebt,
Verzeih der Hand, die nach dem Becher fasst!

134.

Ich nahm mir endlich vor, nüchtern und fromm zu
sein,
Und in mein Herze zog nun voller Friede ein.
Doch ach!, die Frömmigkeit zerschellt' am ersten
Krug,
Die Nüchternheit ertrank im ersten Becher Wein!

135.

An jedem Tag nehm' ich mir vor aufs Neue,
Dass ich das Trinken lasse und bereue;
Doch nun voll Rosenduft erschienen ist
Der holde Lenz – bereu' ich meine Reue.

136.

Des Bess'rungsschwurs Gewand hab' ich zerfetzt,
Die Reue hab' ich durch den Wein ersetzt.
Das wundert dich, weil ich schon Siebzig bin!
Ja, wann soll ich denn leben, wenn nicht jetzt?

137.

Heut ist der holde Tag nicht warm und kalt auch
nicht,
Die Wolke wäscht der Welt ihr Blumenangesicht,
Ich hör' die Nachtigall, wie sie zur Rose spricht:
„Blüh auf und lieb und trink, eh dich der
Herbstwind bricht."

138.

Was dir die Zukunft bringt, das frage nicht,
Und die vergang'ne Zeit beklage nicht.
Allein das Bargeld „Gegenwart" hat Wert,
Nach dem, was war und sein wird, frage nicht.

139.

Mach's wie die Tulpe, schwing zum Neujahrsfest
Den Purpurkelch – und bring des Jahres Rest
Mit einer tulpenwangigen Maid dahin,
Eh dich des Schicksals Glut verwelken lässt.

140.

Mit Wein und holder Maid die Zeit vertreibe,
Und sorg, dass fern der Feinde Neid dir bleibe.
Setz dich zur Liebsten und vergiss dein Selbst
Und zieh des Eigendünkels Hemd vom Leibe!

141.

Ein Liederbuch, ein Brot, ein ird'ner Krug voll
Wein,
Vom Lamm ein Schenkelstück – und dann so
ganz allein
In weiter Flur mit dir, du tulpenwang'ge Maid,
Ein Sultan möchte wohl an meiner Stelle sein!

142.

Ein Krug voll Wein und du, Saki, am Rand der
Quelle,
Das steht bei uns schon längst an Paradieses Stelle
Hör nicht, was man dir sagt von Höll' und
Paradies!
Wer war denn jemals dort in Paradies und Hölle?

143.

Wer hat dich, Himmelstochter, heute Nacht
Zu mir, dem Sehnsuchtskranken, hergebracht,
Der ohne dich verschmachtet? Wessen Hand
Hob deinen Schleier und zeigt' mir deine Pracht?

144.

Auf dieser Erde ohne Rast und Ruh
Bracht' ich im Suchen viele Jahre zu:
Da war kein Mond, der dir an Glanze glich,
Keine Zypresse war so schlank wie du!

145.

Ich bin befreundet mit dem Trennungsschmerze,
Wo ich auch geh' und steh', füllt er mein Herze.
Dein nur gedenkend seufz' ich Tag und Nacht,
An meinem Bette brennt der Sehnsucht Kerze.

146.

O weh um jenes Herz, in dem kein Feuer brennt,
Das nicht die hehre Glut der Liebessonne kennt;
Wer einen ganzen Tag ohn' Liebe hingebracht,
Tut recht, wenn er jenen Tag verloren nennt.

147.

Der Schöpfung Zweck und Streben ist die Liebe,
Die Kraft im Saft der Reben ist die Liebe,
Sie ist der Reim im Lied der Jugendzeit,
Merk auf mein Wort, das Leben ist die Liebe.

148.

Wahrhaft Verliebten ist Schön und Hässlich
gleich;
Sie fragen nicht, ob Höll', ob Himmelreich,
Ob ihre Kleidung Lumpen oder Samt,
Ihr Pfühl ein Backstein oder Polster weich.

149.

Wenn ich einst sterbe, waschet mich mit Wein,
Ein lust'ges Trinklied soll mein Grablied sein!
Und wenn am Jüngsten Tag man nach mir fragt,
So sucht im Staub der Schenke mein Gebein.

150.

Ihr Freunde, wenn zu fröhlichem Gelage
Ihr euch vereint und frei von aller Plage
Euch aneinander freut, gedenket dann
Des armen Zechgenossen früh'rer Tage!

Schlussworte

151.

Ich geh' dahin und lass' die Welt zurück im Streit,
Und hatt' von hundert Perlen doch kaum eine
aufgereiht. –
Unausgesprochen blieb so manches tiefe Wort,
Weil's doch niemals verstanden hätte meine Zeit.

152.

Omar, der Zeltmacher, hat von früh bis spät
An manchem Zelt der Philosophie genäht,
Bis Schicksals Schere sein Lebensseil ihm kappt
Und Trödler Tod ihn um ein Nichts ersteht.

Erläuterungen zu einzelnen Vierzeilern

1. Unter Saki, dem Schenken, kann sowohl ein männliches wie auch ein weibliches Wesen gedacht werden (vgl. S. 19, 76, 132).
2. Die Magier waren bekanntlich die Priester des zoroastrischen Sonnen- und Feuerkultus, der alten Religion Persiens. Als der Islam seine Herrschaft über das ganze Land befestigt hatte, zogen sich die noch übrigen Anhänger der Lehre Zarathustras meist in die bei allen persischen Städten vorhandenen Trümmerstätten zurück, wo sie auch den ihnen nicht verbotenen Wein bereiteten. Daher werden in der persischen Poesie die Magier als die Bereiter des Weines gefeiert (siehe auch S. 19, 121, 131f.).

6. Das „Weltrad“ (tscherkh) ist der Himmel mit seinen Gestirnen, der sich scheinbar um die Erde dreht. Da man sich die Geschicke der Menschen in den Gestirnen geschrieben dachte, ist das Wort auch gleichbedeutend mit Schicksal.

11. Im Garten der Welt.

12. Joseph gilt als das Urbild vollendeter Schönheit. Der Gedanke, dass diese nur durch Leiden erreicht werden kann, kehrt häufig in der persischen Dichtung wieder, so z. B. in folgendem Vers von Hafis:

„Durch endlos Harren, sagt man, kann der Stein,
Der in der Erde Tiefe ruht,
Sich zum Rubin entwickeln. – Ja, er kann's
Jedoch mit seines Herzens Blut!“

13. Der sagenhafte König Dschemschid besaß eine kristallene Trinkschale, in der sich die ganze Welt widerspiegelte und die somit die Quelle seiner Weisheit war. (Vgl. auch das Rubai 104.)

17. Geburt und Tod sind die zwei Tore des Lebens.

18. Ein englischer Reisender des achtzehnten Jahrhunderts fand diesen Vers in den Ruinen von Persepolis eingemeißelt. – Die Worte „Wo? Wo?“,

auf persisch „Ku? Ku?“, ahmen den klagenden Ton der Turteltaube nach.

19. Afssûs!, ein Ausruf des Bedauerns. – Die Glocken (am Schellenbaum) und die Pauken wurden jeden Mittag zu Ehren des Herrschers gespielt. Dies geschah – und geschieht in Persien noch heute – in einem Pavillon, dem sogenannten Nekare Khane, über dem Tor der Mauer der Residenz des Schahs. Ähnlich folgender Vers von Schehid-i Balkhi:

Jüngst kam ich durch das Trümmerfeld vor Tûs,
Des Käuzchens Ruf war dort des Wandrers Gruß. –
„Was gibt's für Nachricht in dieser Wüstenei?“
Es sprach: „Die Nachricht lautet: Afssus, afssus.“
–

22. Das Rad oder die Drehscheibe, auf der der Töpfer aus dem Staube vergangener Geschlechter seine Gefäße formt, heißt ebenfalls tscherkh wie das Weltrad (vgl. Anm. zu 6). Daher entstehen im Persischen mannigfache Vergleichspunkte zwischen dem Schicksalsrad und dem Rade des Töpfers.

43. Dieser Vers verdankt seine deutsche Form der unvergesslichen Königin von Rumänien, Carmen Sylva.

59. Unter dem Bild des Weines ist hier das eigenmächtige Denken und freie Forschen versinnbildlicht.

60, 61, 63, 64 u. a. Omar wendet sich hier wie in vielen anderen seiner Verse gegen den mohammedanischen Glaubenssatz der Vorherbestimmung, die er mit der göttlichen Güte und Gerechtigkeit unvereinbar findet. Er folgt hier der Lehre der Mu'tasiliten (vgl. S. 94, 97, 151). Das Bild, welches in 60 und 61 dem Dichter vorschwebt, ist das Anrühren des Lehms mit Wasser und Häcksel, der dann zur Herstellung von Luftziegeln in eine Form gestrichen wird.

69. Rustem Sal (der Sohn Sals) war der stärkste Held der persischen Sage. Hatim Tai war unter den Arabern durch seinen Reichtum und durch seine fabelhafte Freigebigkeit berühmt.

73. Im Persischen ist dieser Vers nur ein Relativsatz ohne abschließendes Zeitwort. Ich habe diese Form beibehalten.

75. Unter der „eiteln Lust“ ist die niedere körperliche Seele gemeint, im Gegensatz zur göttlichen reinen Vernunft. (Lehre der Neuplatoniker)

83. Hür u qusür, Huris und Paläste sind die den Gläubigen verheißenen Paradiesesfreuden.

91. Aller Wahrscheinlichkeit nach ist dieses Rubai von Avicenna und die darauf folgende Antwort von Abu Said Abul Kheir.

95. Wenngleich in dem Worte „Brille“ vielleicht ein Anachronismus liegen mag, schließt sich die Übersetzung doch eng an das Original. Wörtlich heißt es dort: „Geh, sorg für deine Augen.“

103. Die heilige Schnur ist das Abzeichen der Brahmanen und auch der Magier. (Vgl. wegen des Sinnes dieses Rubai S. 61 und 126.)

104. Vgl. Anm. zu 13.

108. Das Polospiel, tschougän, ist ein altes persisches Spiel. Es ist durch die Mogulkaiser neben vielen anderen persischen Eigenarten nach Indien und von da durch die Engländer nach Europa gekommen.

110 und 111. Man erkennt hier die platonische Lehre von dem „Nichtsein“ der mit den Sinnen wahrnehmbaren Welt.

112. Die Weltanschauung der Sufi oder Mystiker beruht auf der Lehre von der Einheit alles Existierenden, d. h. dem Monismus im wissenschaftlichen Sinne des Wortes. Nur die Zeit trennt vorübergehend die Einzelwesen von der Gottheit.

113. Auch dieses und das folgende Rubai beziehen sich auf die Einheitslehre (vgl. S. 143, 151ff.). Wie die früheren Übersetzer meist ohne genügende Kenntnis des Persischen sich an die bereits vorhandenen englischen oder französischen Übersetzungen gehalten haben, geht u. a. aus der Bodenstedtschen Wiedergabe dieses Rubai hervor. Augenscheinlich hat er das französische Wort „compas" in Nicolas' Ausgabe missverstanden und mit „Kompass" anstatt mit „Zirkel" übersetzt! Diese Bedeutung lässt aber weder das persische Wort perkar noch auch der Sinn des Gedichtes zu. Eine ganze Anzahl falscher Wiedergaben von Omars Vierzeilern sind auf mangelhafte Kenntnis des Persischen bei Benutzung von Nicolas' Ausgabe zurückzuführen. Aber schlimmer als diese Übersetzungsfehler ist die kritiklose Zugrundelegung von Nicolas' ganz

einseitiger und unwissenschaftlicher Interpretation.

115. Das arabische Wort „uschrubu" – „trinket!" – soll den Hahnenschrei nachahmen.

117. Der persische Wein, namentlich der Wein von Schiras, hat einen bitterlichen Beigeschmack, auf den die Dichter oft anspielen.

120. Auch hier hat ein Irrtum Nicolas' viele Nachahmer gefunden. Anstatt zu lesen: „yäk qäträ rähä mäkun, tämäm – äsch mlnüsch" hat er gelesen: „rähä kun vä etc." Bodenstedt und andere haben dann ebenso wie Nicolas übersetzt: „Gieß einen Tropfen aus (anstatt: „Gieß keinen Tropfen aus") und trink den Rest", was gar nicht im persischen Text steht und auch nicht in den Sinn passt. Sie haben dann daran die falsche Behauptung geknüpft, dass es bei den Persern so etwas gäbe wie die Libation der alten Römer.

131. Dieses Rubai bezieht sich auf die Seelenkämpfe um das unter dem Bild des Weines dargestellte freie Denken (vgl. Anm. zu 59). Das Geräusch, welches der Wein beim Durchfließen des langen Halses der Flasche hervorbringt, wird oft mit einem Lachen verglichen.

139. Das Neujahrsfest der Perser (Nourüz) ist zugleich das Frühlingsfest (21. März).

143. Unter der unverhofften Erscheinung der Geliebten ist wohl eine plötzliche Erkenntnis zu verstehen, die dem sinnenden Philosophen aufgeht. Man könnte den Vers „Erleuchtung“ überschreiben.

Zeitalter, Leben und Weltanschauung Omar Khajjams

Omars Zeit

Der Leser, welcher die Vierzeiler Omar Khajjams aus den vorstehenden Blättern kennen gelernt und vielleicht Interesse daran gefunden hat, wird auch wohl die Neugier haben, etwas Näheres darüber zu erfahren, wer der Dichter war, der in so ferner Zeit und in so entlegenem Lande diese uns heute noch modern klingenden Gedanken ausgesprochen hat. Er wird zu mancher Frage, die sich ihm aufgedrängt hat, die Antwort, zu manchem Widerspruch den Schlüssel suchen. Ich will auf den folgenden Seiten versuchen, in wenigen Worten ein Bild davon zu geben, was man heute über des „Zeltmachers" Leben und Wirken weiß, und werde daran eine kurze Skizze seiner Weltanschauung[1)] knüpfen.

Das Leben Omar Khajjams fällt in das elfte und den Anfang des zwölften Jahrhunderts, d. h. in das Zeitalter der höchsten Blüte islamischer Kultur. Auf die gewaltigen Expansionskriege, welche die mohammedanischen Eroberer gleichzeitig zu Anfang des achten Jahrhunderts über die Meerenge von Gibraltar und über den Indus geführt hatten, folgte eine Zeit verhältnismäßiger Ruhe und Sammlung. Diese Periode hat, trotz mannigfacher Störungen durch innere und äußere Kämpfe, die Muße gefunden, den Geistesschatz des klassischen Altertums wiederaufleben zu lassen und ihn dann mit der neuen Lehre zu verarbeiten. Diese erste Renaissance ist eines der denkwürdigsten Kulturwerke der Weltgeschichte, denn sie gab den Nährboden für annähernd das gesamte Geistesleben des Mittelalters, soweit sich ein solches außerhalb der Kirche zu entwickeln vermochte, bis dann die große zweite Renaissance auf allen Gebieten des Wissens

1) Diese ist in der Hauptsache die Wiedergabe eines von mir im August 1908 auf dem 15. Internationalen Orientalistenkongress in Kopenhagen gehaltenen Vortrages.

und der Kunst jenen gewaltigen Fortschritt brachte, an dessen Wohltaten die Menschheit sich heute noch erfreut. Wir nennen diese „Vorrenaissance" meist die arabische Kulturperiode und denken dabei in erster Linie an Spanien. In Wirklichkeit war das vom Arabertum verschlungene Persertum die Hauptquelle jener Kultur für die östlichen sowie mittelbar auch für die westlichen Gebiete des Islam. Im Osten, d. h. in den persischen Landen einschließlich des Irak (Bagdad), keimte aus den Trümmern des letzten vormohammedanischen Perserreiches die untergegangene Saat griechischer Kulturreste wieder auf, die in den Ländern der Sassanidenherrscher eifrige Pflege gefunden hatte. Trotz der Starrheit der mohammedanischen Orthodoxie wagten persische Gelehrte – wenn auch in arabischer Sprache und Form – allmählich den Lehren Platos, Aristoteles', Euklids, Hippokrates', Galens, Pythagoras' und vor allem dem Neuplatonismus wieder Geltung zu verschaffen. Es war arischer Geist in semitischem Gewande. Sie machten sich hierbei Bewegungen zunutze, die zum Teil im Islam selbst ihren Ursprung gehabt zu haben scheinen.

Die Prädestinationslehre, die Lehre jenes unerbittlichen Kismet, das dem Menschen sein ganzes Lebensschicksal, ja selbst seine Tugenden und Sünden zuteilt und vom „Asal", dem Tage der anfanglosen Ewigkeit, an vorherbestimmt, hat schon früh ernsten Widerspruch wachgerufen. Man hielt es für unvereinbar mit der göttlichen Güte, dass der Mensch für die Fehler gestraft werden sollte, die ihm ohne sein Zutun von derselben Gottheit „aufs Haupt geschrieben" waren. Diese frühe Skepsis führte zur späteren Bildung neuer Richtungen, deren bekannteste Vertreter, die Kadariten, dem Fatalismus der Orthodoxie die Lehre vom freien Willen entgegensetzten. In ihrer weiteren Entwicklung zweigten sich diese Freidenker auch äußerlich mehr und mehr von der Orthodoxie ab und wurden als Mu'tasiliten, „Abgesonderte", bezeichnet.

Das einmal begonnene selbsttätige Denken führte zur Beschäftigung mit immer neuen Problemen: Nach Anfang und Ende des Weltalls, Ursprung des Menschen, Grund der Vergänglichkeit alles Lebenden, nach der Frage, wie überhaupt das Übel mit der Güte eines allmächtigen Schöpfers und Leiters der Welt zu reinigen sei. Die Antworten auf diese ewigen Rätsel der Menschheit suchte man damals hauptsächlich im Neuplatonismus, dessen Lehren noch unter den griechisch gebildeten Persern und Syrern jener Zeit lebendig waren oder aus dem nahen byzantinischen Reich herüberdrangen. Der Neuplatonismus fand einen fruchtbaren Boden in einer anderen, ebenfalls alten Geistesrichtung des Islam, dem Sufismus.

Der Sufismus, der ursprünglich mit dem Asketentum des damals buddhistischen Indien und Zentralasien zusammenhängt, entwickelte sich später auf persischem Boden unter griechischen Einflüssen zu seiner höchsten Blüte und beherrscht noch heute die ganze denkende Welt des Orients. Der hervorragendste Vermittler griechischer Ideen auf wissenschaftlichem und philosophischem Gebiet war der große persische Arzt und Gelehrte Avicenna[1]. Das Wesen des späteren persischen Sufismus oder Mystizismus besteht hauptsächlich in der Lehre von der ewigen Einheit Gottes und der Welt. Gott ist das einzig wahrhaft Existierende. Die Welt der Erscheinungen ist nichts als seine vergängliche Widerspiegelung in unserem unvollkommenen Auge. Die Wiedervereinigung mit Gott noch im Leben zu erreichen, ist das Streben des Sufi oder Mystikers. Die Anhänger dieser Lehre, die man später allgemein mit dem Namen Derwische bezeichnet, taten sich zu Orden zusammen, deren eigenartige Ze-

---

1) Sein wirklicher Name war Abu Ali ibn Sina.

remonien[1] jene mystische Vereinigung mit Gott, das Tauhid, versinnbildlichen und erreichen sollten. Die Sehnsucht nach der Wiedervereinigung mit der Weltseele wurde unter dem Sinnbild der Liebe besungen und bildet den Hauptinhalt der persischen Literatur des späteren Mittelalters. Diese in allen Schichten und Gebieten des Islam tief eingewurzelte Lehre fand sich im Laufe der Zeit mit der Orthodoxie ab – wenn auch ein gewisser Gegensatz zwischen den Vertretern der Mystik und den Vertretern der Orthodoxie, d. h. zwischen Derwisch und Mullah, immer bestehen blieb. Anders war es mit der im Pessimismus des Orients und ebenfalls in der griechischen Philosophie wurzelnden Skepsis. Zwischen ihr und der Orthodoxie war keine Gemeinschaft möglich. Die Zweifler und freien Denker waren oft, namentlich in Bagdad, dem Sitze des Kalifats, den grausamsten Verfolgungen ausgesetzt. Sie sahen sich daher genötigt, wenn sie ihren Gedanken überhaupt Ausdruck zu geben wagten, diesen eine solche Form zu geben, dass sie auch als der Staatsreligion nicht widersprechend oder als mystisch ausgelegt werden konnten. Daher kommt es, dass so

1) Zu diesen Zeremonien gehört u. a. auch der Tanz der Mevlevi-Derwische, den mancher Leser in Konstantinopel gesehen haben wird.

viele Verse persischer Dichter zwei oder auch drei ganz verschiedene Deutungen zulassen. Dazu kommt noch der Hang des Persers, seine innersten Gedanken zu verbergen oder nur höchstens wenigen Eingeweihten zu enthüllen.

Eine Reaktion des strengen Koranglaubens gegen alle diese freiheitlichen Richtungen konnte nicht ausbleiben. Solange sie sich auf die gewaltsame Verfolgung und Unterdrückung der Freidenker beschränkte, hatte sie wenig Erfolg. Erst als die Orthodoxie sich die ganze Dialektik der Philosophen zu eigen gemacht hatte, begann der Niedergang des Mu'tasilitentums. Der Hauptvertreter dieser Reaktion ist Ghazzali, ein naher Bekannter Omar Khajjams. Ich halte es für nicht unmöglich, daß die Spitze manches scharfen Rubai sich gegen diesen Zeitgenossen richtet. Ghazzali starb im Jahre 1111. Omar überlebte ihn um zwölf Jahre.

Natürlich hat es auch nicht an Versuchen gefehlt, zwischen dem freien Denken und dem Koran einen Ausgleich zu finden. So folgte – genau wie bei uns – auf ein Zeitalter weitgehender Aufklärung und Kritik eine Herrschaft des Rationalismus. Bereits im zehnten Jahrhundert bildete sich in Bagdad die mysteriöse Gesellschaft der Brüder der Reinheit oder Wahren

Freunde (Ikhwan as Safa), zum größten Teil aus Persern bestehend. Sie bemühten sich, die Lehren der griechischen Philosophie mit der Glaubenslehre des Islams in Einklang zu bringen.[1] Ihnen verdanken wir eine Synthese alles Wissens jener Zeit in enzyklopädischer Form, ein Werk von einigen fünfzig Abhandlungen, welches um das Jahr 970 erschien und in wunderbarer Weise die Gedankenwelt der aufgeklärten Kreise der damaligen Kalifenstadt Bagdad widerspiegelt.

An das Werk dieser Rationalisten anschließend – und gewissermaßen als der größte und letzte der systematischen Philosophen Persiens – wirkte der bereits erwähnte Avicenna. Da er in mancher Hinsicht als der Vorgänger Omar Khajjams zu betrachten ist – er hat auch schon philosophische Gedanken in Rubaiform ausgedrückt – und da seine Ideen die Zeit, in der Omar lebte, noch vollständig beherrschen, so

1) Merkwürdigerweise ist uns auch die Brücke bekannt, auf der diese Wissenschaft des Orients nach dem mohammedanischen Westen und somit auch in die christlichen Abendländer gelangte. Ein Madrider Araber, Muslim ben Muhammed, trug sie aus Bagdad nach Spanien, wo dann der große maurische Philosoph Ibn Rushed (Averroes) sie weiter entwickelte, und dieser war während des Mittelalters fast die einzige Quelle, aus der das denkende Europa seine Kenntnis der griechischen Wissenschaft schöpfte.

seien mir einige Worte über Avicennas Lehre[1] gestattet, soweit sie sich auf den Mystizismus bezieht, denn die Entwicklung seines Systems würde zu weit führen. Dieser Mystizismus, der wie gesagt auf neuplatonischen Lehren beruht, sieht in der Liebe zu Gott, als dem Prinzip des absolut Guten, die Triebfeder aller Handlungen. Der Mensch allein ist sich dieser Liebe bewusst, daher ist er die Krone der Schöpfung[2]. Die Liebe ist das Prinzip, durch welches die Welt aus Gott entsprang, durch welches alles wieder zu ihm zurückkehrt. Der, in dessen Busen diese Liebe brennt[3], kann sich schon im Leben derartig der Gottheit nähern, dass er sich der mystischen Gemeinschaft bewusst wird und sich mit Gott identifiziert. Der Sufi ist über die äußeren Einflüsse der Welt und alle menschlichen Formeln und Gesetze erhaben. In seiner Ekstase, die er dem Rausche vergleicht, ist er jenseits von Gut und Böse[4]. Bei allen diesen Freiheiten, zu denen noch die Anerkennung anderer Religionen – ja selbst des Götzendienstes – als gleichwertig hinzukommt, wird doch

---

1) Vgl. A. Christensen: Rechereches sur les Rubaiyat de Omar Hayyam. Heidelberg 1905.
2) Vgl. Rubai 105.
3) Vgl. Rubai 146.
4) Vgl. Rubai 84.

der Koran und seine Lehre nicht verworfen. Es wird vielmehr versucht, die Philosophie mit ihr in Einklang zu bringen. Hierzu sind oft sehr weitgehende Interpretationskünste erforderlich. Namentlich wird das oft grob Sinnliche im Koran, wie z. B. die Schilderung der Paradiesesfreuden, vergeistigt, indem man annimmt, dass Mohammed mit Rücksicht auf den damaligen Bildungsstand seiner Araber in groben Farben aufgetragen hätte, was in Wirklichkeit höhere metaphysische Wahrheiten darstellen sollte. Ich glaubte auf diese Lehre Avicennas etwas näher eingehen zu müssen, da sie, wie gesagt, noch völlig das Zeitalter Omars, wenn auch wohl schwerlich ihn selbst, beherrschte. Omar kann den berühmten Philosophen wohl kaum gekannt haben, denn sein nicht näher bekanntes Geburtsjahr muss ungefähr mit dem Todesjahre Avicennas zusammenfallen. Avicenna starb in Hamadan, dem alten Ekbatana – wo sein Grab noch heute zu sehen ist – im Jahre 1037, nachdem er vorher lange in Khorassan, der Heimat Omars, gelebt hatte.

Wenn man zu diesen vorwiegend philosophischen Richtungen die Religionen und Sekten hinzurechnet, die das Persien des elften Jahrhunderts kannte, so bekommt man ein ungefähres Bild der geistigen Strömungen, welche jene regsame Zeit beherrschten. Den Persern jener Periode war das nestorianische Christentum bekannt in seiner damals weiten Ausdehnung bis nach Zentralasien und Indien hinein. Überall war daneben das Judentum vertreten, in dessen Kielwasser das Christentum seinen Weg gefunden hatte. Vom Manichäertum, jener Persien eigenen Religionsform, waren im Nordosten noch Spuren vorhanden. Die Religion Zoroasters war noch über das ganze Land verbreitet, wenn auch nirgends mehr in herrschender Stellung. Im Osten grenzten die Lande des Islams an die des Buddhismus, der allerdings in seinem tieferen Wesen unverstanden blieb und den Muselmanen wegen des Reichtums der Tempel an Statuen und Bildern nur als Götzendienst erschien. Eine Erinnerung daran, dass diese Bilder aus dem Schönheitstyp griechischer Kunst hervorgegangen waren, ist darin zu finden, dass das Wort „but", Götze (entstanden aus Buddha), von den persischen Dichtern stets als Sinnbild vollkommenster Schönheit gebraucht wird.

Im Islam selbst waren ebenfalls auseinandergehende Bewegungen vorhanden, auch auf rein kirchlichem Gebiete. Die großen Abzweigungen des Schiitentums und des Ismailitentums, d. h. derer, die zwölf Imane und derer, die sieben Imane als Nachfolger des Propheten gelten ließen, waren damals in der Bildung begriffen. Diese neuen Konfessionen wichen auch in der eigentlichen Lehre von der Überlieferung – der Sunna – ab, indem sie sich manche Züge der vormohammedanischen Religion und der philosophischen Bewegungen zu eigen machten. Alle diese vielfachen und verschiedenartigen – einander widersprechenden und ineinandergreifenden – Geistesströmungen jenes großen Jahrhunderts muss derjenige in Rücksicht ziehen, der sich ein Bild von dem wunderbaren Manne machen will, der sie alle kannte und in seinen kurzen Spruchversen beleuchtete, der aber hoch über ihnen allen wie überhaupt über seiner Zeit stand.

Omars Leben

Über Omar Khajjams Lebensgang besitzen wir nur wenige zuverlässige Nachrichten. Er ist in Nischapur oder in der Nähe dieser nordostpersischen Stadt geboren. Da er 1123 in hohem Alter gestorben ist, dürfte sein Geburtsjahr zwischen 1025 und 1050 fallen. Dass er der Sohn eines Zeltmachers gewesen und durch Not gezwungen worden wäre, das Gewerbe seines Vaters zu betreiben, ist eine Sage, die wohl später zur Erklärung seines Beinamens erfunden worden ist. Seine Zeitgenossen wissen nichts hiervon. Khajjam bedeutet allerdings Zeltmacher, aber es scheint, dass dies sein Familienname gewesen ist, denn die ältesten Nachrichten geben den Namen in einer Form – el Khajjami –, die hierauf schließen lässt. Omar hat diesen Namen dann als Dichternamen verwendet und oft in Selbstironie von sich als dem „Zeltmacher" gesprochen, aber einem Zeltmacher, der „Zelte der Philosophie" nähte[1]. In das Reich der Sagenbildung

1) Vgl. Rubai 152.

gehört aller Wahrscheinlichkeit nach auch die in fast allen Biographien Omars wiederkehrende Erzählung von den drei Schulfreunden: Omar soll nämlich mit dem später so berühmten Staatsmann Nisam el Mulk und dem berüchtigten Hassan-i Sabbah, dem „Alten vom Berge", die gleiche Hochschule in Nischapur besucht und einen Pakt für das spätere Leben geschlossen haben. Diese Erzählung leidet an chronologischen Unstimmigkeiten. Ich sehe sie ohne Bedauern aus der Biografie unseres Dichters scheiden, denn das Licht der neueren Forschung, das sie uns geraubt, hat uns dafür manchen charakteristischeren Zug aus seinem Leben enthüllt. Diejenigen Anekdoten, welche nichts als plumpe Versuche sind, einzelne seiner Verse zu erklären, werde ich hier nicht erwähnen.

Es ist sicher, dass Omar eine gründliche Erziehung genossen haben muss, die sich auf das ganze Gebiet des damaligen Wissens: Islamische Lehre, arabische und persische Dichtkunst, Philosophie, Medizin und exakte Wissenschaften erstreckte. Er hatte das Glück, in einem gewissen Abu Tahir einen Gönner zu finden, der ihm, dem Unbemittelten, diese Studien ermöglichte. Schon früh muss sich Omar als Mathematiker und Astronom ausgezeichnet haben. In diesen Fächern hat er den höchsten Ruhm seiner Zeit erreicht. Im Jahre 1074 erhielt er mit anderen Gelehrten vom Sultan Melikschah und dessen bereits erwähntem Wesir Nisam el Mulk den Auftrag, den Kalender zu reformieren. Diese Kalenderreform wird von Kennern der gregorianischen (1582) vorgezogen. Sie ist noch heute in Persien in Gültigkeit. Unter anderem ist die Festsetzung des Jahresanfangs, des bekannten Nourusfestes, auf den Zeitpunkt des Eintritts der Sonne in das Sternbild des Widders (21. März) Omar zu verdanken. Bekanntlich war im Mittelalter mit der Astronomie die Astrologie untrennbar verbunden. Noch Kepler musste (im Jahre 1609!) Wallenstein das Horoskop stellen. So ist es denn auch nicht verwunderlich, dass Omar Khajjam, als der berühmteste Sternkundige seiner Zeit, öfters um Vorhersagungen angegangen wurde. Zwei solcher Prophezeiungen sind uns glaubwürdig überliefert: Die eine war eine Voraussage des Wetters, welche Sultan Mohammed, der Sohn Melikschahs, anlässlich eines Jagdzuges im Winter von ihm verlangt hatte. Omar hatte für einen bestimmten Zeitraum klares Wetter vorausgesagt und ließ sich auch nicht beirren, als der König und sein großes Gefolge sich durch anscheinend heranziehende Schneestürme bedroht glaubten.

Auf sein Anraten brach der König auf, und klarster Sonnenschein begleitete seinen Jagdzug bis zu Ende.

Die zweite uns überlieferte Aussage bezieht sich auf Omars Grab. Ich will diese Erzählung in den Worten seines Zeitgenossen Nisami-i Arusi wiedergeben. Er berichtet: „Im Jahre 506 H. (1112 bis 1113 nach Christus) waren der Imam Omar Khajjam und noch ein anderer Gelehrter in der Stadt Balkh in der Straße der Sklavenhändler in dem Hause des Emir Abu Sa'ad abgestiegen, und ich hatte mich jener Gemeinschaft zugesellt. In dieser freundschaftlichen Versammlung hörte ich jenen ‚Beweis der Wahrheit', Omar, sagen: ‚Mein Grab wird an einer Stelle sein, auf welche die Bäume zweimal im Jahre ihre Blüten streuen werden.' Dies schien mir fast unmöglich, obwohl ich wusste, dass ein Mann wie er nicht leere Worte sprechen würde. Als ich im Jahre 530 (1135-1136 nach Christus) nach Nischapur kam, nachdem schon einige Jahre darüber hingegangen waren, dass jener große Mann sein Antlitz im Staub verborgen hatte und diese niedere Welt seiner beraubt war, suchte ich am Vorabend eines Freitags sein Grab auf – denn ich musste ihn als meinen Meister betrachten – und nahm einen Führer mit, um mir das Grab zeigen zu lassen. Dieser brachte mich zum Begräbnisplatz von Hira, wo ich, mich zur Linken wendend, sein Grab fand. Es lag an einer Gartenmauer, über welche Birnbäume und Pfirsichbäume (d. h. zu verschiedener Zeit blühende Bäume) ihre Zweige streckten. Und auf sein Grab waren so viele Blütenblätter gefallen, dass sein Staub unter Blüten verborgen war. Da entsann ich mich der Worte, die ich in der Stadt Balkh von ihm gehört hatte – und begann zu weinen, denn ich hatte in allen bewohnbaren Gegenden des Erdenrunds keinen gesehen, der ihm gliche."

Besonders kennzeichnend ist die Bemerkung, die Nisami an diese Erzählung knüpft: „Obgleich ich Zeuge dieser Voraussagung war, habe ich doch nicht bemerkt, dass Omar astrologischen Weissagungen irgendwelchen Glauben beimaß, und ich habe auch von keinem der großen Männer gehört, dass sie einen solchen Glauben besessen hätten." – Es war eben eine Zeit, wo der Augur lachte, wenn er einem Auguren begegnete.

Außer dem Erzähler dieser Geschichte, Nisami-i Arusi, hatte Omar noch andere Freunde unter den hervorragendsten Gelehrten und Staatsmännern jener Zeit. Omar beherrschte das gesamte Wissen seines

Jahrhunderts. Er war gleich berühmt als Mathematiker und Astronom wie als Exeget des Korans, als Dichter in persischer und arabischer Sprache wie als Arzt – es wird von Zeitgenossen berichtet, dass er in schweren Krankheitsfällen konsultiert wurde –, als Sterndeuter wie als Weltweiser. Von seinen Werken sind folgende – zum Teil allerdings nur dem Titel nach – bekannt:

Drei Abhandlungen über Metaphysik, ein Kompendium der Naturwissenschaften, eine Anleitung zur Abschätzung von Edelsteinen, ohne diese aus ihrer Fassung zu nehmen, eine Abhandlung über die indische Methode, Quadratwurzeln und Kubikwurzeln auszuziehen, eine Abhandlung über die Jahreszeiten und die Ursachen ihrer Schwankungen, eine Schrift über Probleme der Algebra, eine Schrift über schwierige Stellen bei Euklid (Geometrie), eine astronomische Tabelle. Außerdem sind einige Bruchstücke arabischer Dichtungen erhalten, von denen ich auf den Seiten 111 und 112 eine Probe gegeben habe.

Leider sind seine philosophischen Werke bis auf einen ganz kurzen Traktat verloren gegangen.

Dass ein Denker wie er neben zahlreichen Bewunderern auch viele erbitterte Feinde hatte, ist nur zu natürlich, zumal in einer Hochburg der Orthodoxie, wie sie damals seine Vaterstadt Nischapur mit ihrer Medresse (Hochschule) war. Auch scheint der Tod seines Protektors, des Sultans Melikschah, den astronomischen Beobachtungen ein Ende gemacht und ihn in eine äußerlich dürftige Lage versetzt zu haben. In diese Zeit fällt wahrscheinlich die Abfassung seines bedeutenden, in arabischer Sprache verfassten, noch heute erhaltenen Werkes über die Algebra[1)], in dessen Einleitung er sagt: „Wir sind Zeugen gewesen, wie die Männer der Wissenschaft untergegangen und auf ein winziges Häuflein zusammengeschmolzen sind, dessen Zahl so gering ist, wie seine Leiden groß. Diesen hat die Härte ihres Geschickes die gemeinsame Verpflichtung auferlegt, sich, solange sie leben, der Vervollkommnung und Erforschung der Wissenschaft allein zu widmen. Aber die meisten von denen, welche heutzutage für Gelehrte gelten, verbergen die Wahrheit durch die Lüge und kommen nicht über die Schranken eines bloßen Scheingelehrtentums hinaus, indem sie das, was sie an Kenntnissen besitzen, lediglich materiellen und niedrigen Zwecken dienlich machen. Und wenn sie einem Mann begegnen, der sich wirklich durch sein Streben nach der Wahrheit und durch seine Liebe zur Wahr-

1) Ins Französische übersetzt von Woepcke, Paris 1851.

haftigkeit auszeichnet, der Eitelkeit und Lüge von sich weist und den falschen Schein und die Augenverblendung meidet, dann machen sie ihn zum Gegenstande ihrer Verachtung und ihres Spottes."

Wir werden nicht fehlgehen, wenn wir diese Klage gegen die Mitwelt auf bittere Erfahrungen zurückführen, die Omar damals gemacht haben muss. Er war niemals ein Höfling gewesen. Nie hatte er – wie sonst alle persischen Poeten seiner Zeit – die Großen und Mächtigen in Lobeshymnen gefeiert. Im Gegenteil hatte er sie durch seine rückhaltlose Offenheit mitunter vor den Kopf gestoßen und zu Feinden gemacht. Brauchten sie ihn, so ließ er sie an sich herankommen. Nicht anders als mit den gekrönten Häuptern war er dem herrschsüchtigsten aller Tyrannen gegenüber verfahren, dem, den wir „einen ausgedehnten Bekanntenkreis" zu nennen pflegen. Im Orient gibt es keine größere Plage als die nicht endenden Höflichkeitsbesuche, denen natürlich alle irgendwie durch Berühmtheit oder Stellung ausgezeichneten Leute ausgesetzt sind. Der Müßiggänger glaubt ein Recht auf die Zeit des Arbeitenden zu haben und macht sich als „Jünger" im Hause des Weisen, als „Tofeili" oder Schmarotzer im Hause des Reichen breit. Und doch ist er um keinen Deut besser als ein gewöhnlicher Mörder, denn wie dieser raubt er seinen Mitmenschen einen köstlichen, unersetzlichen Teil ihres Daseins. Das Streben, sich von den Fesseln einer Geselligkeit freizumachen, die ihm keine Förderung und mancherlei Gefahren bringen konnte, spiegelt sich in vielen seiner Verse, so in dem Rubai:

„Lass Weise nur und Edle in dein Haus,
Nimm vor dem Toren meilenweit Reißaus.
Reicht dir ein Weiser Gift, so trink's getrost,
Reicht Gegengift ein Tor dir – gieß es aus."

In einem anderen Vierzeiler sagt er: „Besser als aller Umgang ist die Einsamkeit". Aber ein besonders charakteristischer Seufzer Omars ist uns in einem seiner arabischen Gedichte erhalten:

„Durch all die Jahre, die ich durchgelebt,
Hab' eines Bruders Freundschaft ich erstrebt,
Der unsern Freundschaftsbund nicht jählings
ende,
Sein Wort nicht bräche, noch von mir sich wende.
Bei wieviel Freunden musst' ich dann erfahren,
Dass alles eher sie als Brüder waren!
Und ach, wie oft, wie oft ersetzte wieder
Ich solche Brüder dann durch neue Brüder!
Zuletzt, als Jahr für Jahr mir so vergangen,
Sprach ich zu mir: Umsonst ist dein Verlangen.
Bei Gott! Solang noch dauert hier mein Leben,
Will ich nicht mehr nach Menschenfreundschaft
streben."

Zweifellos haben Verräter von Omars freisinnigen Gedanken das Ihre dazu beigetragen, diese misanthropische Lebensauffassung bei ihm zu begünstigen. Wie sehr Omar Khajjam gegen die Intrigen von Heuchlern und Fanatikern zu kämpfen hatte, berichtet uns eine der ältesten Quellen: „Einer der Gelehrten des Heiligen Rechts", heißt es da, „pflegte täglich vor Sonnenaufgang zu ihm zu kommen, um Philosophie bei ihm zu studieren. Derselbe schwärzte ihn aber bei den

Leuten an. Als Omar dies erfuhr, ließ er alle Paukenschläger und Trompetenbläser kommen, und als der Rechtsgelehrte wie gewöhnlich zum Unterricht kam, ließ er die Pauken schlagen und die Trompeten blasen, so dass sich eine große Volksmenge aus allen Teilen der Stadt ansammelte. Dann sprach er zu den Leuten: ‚Männer von Nischapur, hier ist euer Lehrer! Jeden Tag um diese Stunde kommt er zu mir, um bei mir die Wissenschaften zu studieren. Zu euch aber spricht er in der Art, die ihr kennt. Wenn ich wirklich so bin, wie er sagt, weshalb kommt er dann, um von mir zu lernen? Und wenn nicht, weshalb verleumdet er dann seinen Lehrer?'"

Wer im Orient durch widriges Schicksal oder durch die Verständnislosigkeit seiner Landsleute verfolgt wird, pflegt noch heute die Pilgerfahrt nach Mekka zu unternehmen. Die weite Reise entrückt ihn allen Sorgen des Tages und verleiht ihm außerdem noch die Verdienstkrone der Frömmigkeit. Vielleicht waren es solche Erwägungen, welche Omar bewogen, den langen Ritt nach Mekka anzutreten, der ihn mindestens sechs Monate, wahrscheinlich aber noch viel länger, von der Heimat fernhielt. Es wird uns berichtet, dass er in Bagdad, wo er natürlich von Wissbegierigen bestürmt wurde, sich ganz zurückzog und allen Fragen auswich, was die obige Vermutung über die Beweggründe zu seiner Reise zu bestätigen scheint.

Sehr richtig bemerkt aber einer der besten Kenner der persischen Denkart[1] hierzu: „Omar war nach Mekka gepilgert, um seine Orthodoxie zu beweisen. Oder war es wirklich eine Anwandlung von Frömmigkeit, die ihn beseelte? Wir wissen es nicht: die Seele des Persers ist so vielgestaltig."

In den folgenden Jahren sehen wir ihn abwechselnd in Balkh, in Merw und wieder in Nischapur, wo er im Jahre 1123 starb. Über die näheren Umstände seines Todes berichtet uns ein Zeitgenosse folgendes: Omar war mit dem Studium von Avicennas „Buch der Heilung" beschäftigt. Am Kapitel über die „Einheit und die Vielheit" (Gott und die Welt) angelangt, legte er ein Zeichen in das Buch, verrichtete sein Gebet und traf seine letzten Anordnungen. Er aß und trank nicht mehr an jenem Tage, und nach dem letzten Abendgebet neigte er sich zur Erde und sprach: „O Herr! Wahrlich, ich habe Dich zu erkennen gesucht, soweit es in meinen Kräften lag. Vergib mir drum. Meine

---

1) Vgl. A. Christensen: Recherches sur les Rubaiyat de Omar Hayyam. Heidelberg 1906.

Erkenntnis von Dir sei bei Dir meine Fürsprecherin." Und nachdem er diese Worte gesprochen hatte, verschied er, fügt der Erzähler, der oben erwähnte Nisami-i Arusi, hinzu. Für die Beurteilung von Omars Geistesrichtung ist dieses Zeugnis eines Zeitgenossen und nahen Bekannten von höchstem Wert, um so mehr, als ihn ein anderer Zeitgenosse als einen „unseligen Philosophen, Atheisten und Materialisten" bezeichnet, und auch die Nachwelt ihn vielfach im selben Lichte sah. Ich werde in den folgenden Seiten versuchen, ob sich über Omars Weltanschauung aus seinen Werken etwas mehr Licht gewinnen lässt.

Omars Weltanschauung

Omar Khajjam hat in seinen Rubaijat (Vierzeilern) der Weltliteratur ein Vermächtnis hinterlassen, das, wenn es erst ganz in seiner Eigenart erkannt sein wird, wohl zu dem Besten gezählt werden dürfte, was die Menschheit an Geistesschätzen besitzt. In dem großen, dem einzigen und ewigen Kulturkampf, den die Menschen von jeher zu kämpfen haben, dem Kampf zwischen den Suchenden und denen, die glauben, gefunden zu haben, verkörpert er die rastlos nach Erkenntnis strebende Richtung. Omar Khajjam ist der Arier, der im Dogma und in der Tradition des sein Land und seine Zeit beherrschenden Arabertums nicht untergehen kann. Vierhundert Jahre der Herrschaft des Islam hatten nicht ausgereicht, um den indogermanischen Geist aus dem Persertum auszurotten. Noch blieben seine Gelehrten die Träger der griechischen Philosophie und freien Forschung und wussten – auch im Gewande der strengsten Orthodoxie – die Pflege reiner Wissenschaft und unabhängigen Denkens fortzusetzen. Wir hatten vorher (S. 93-94) schon gesehen, dass dasjenige, was wir gemeinhin „arabische Kultur" nennen, in der Hauptsache nichts anderes ist als das Weiterleben griechischer Wissenschaft unter den im Islam und im Arabertum aufgegangenen Persern und ihrer Schule. Diese mussten sich wohl oder übel den Erfordernissen ihrer Zeit anpassen. Sie verfassten ihre wissenschaftlichen Werke, namentlich ihre Prosaschriften, zumeist in arabischer Sprache; aber in ihren poetischen Erzeugnissen ließen sie mehr und mehr ihrer klassischen Muttersprache freien Lauf. So hatte es auch der große Arzt, Philosoph und Naturforscher Avicenna gehalten, den wir in mehr als einer Hinsicht als den Vorläufer Omar Khajjams bezeichnet haben. Auch er hatte in Rubaiform seinen philosophischen Anschauungen dichterischen Ausdruck verliehen, und es kann bei manchem Vierzeiler zweifelhaft sein, ob er Avicenna oder Omar zuzuschreiben ist. Es war eben damals an den Höfen von Nischapur, Merw, Ghazna und Hamadan eine derartige Blütezeit der Literatur, dass es auch dem Größten an ähnlichem nie fehlte. Omar hat aber nicht nur in seiner Zeit, sondern mehr noch in späteren Jahrhunderten zahllose Nachahmer gehabt, deren Verse zum Teil ihren Weg in seine Rubaisammlung gefunden haben.

Unsere Kenntnis Omar Khajjams hat im Jahre 1897 durch den Aufsatz des russischen Gelehrten Schukowski über das „wandernde Rubai" eine bedeutende Förderung erfahren. In dieser Arbeit wird der Nachweis geführt, dass eine große Anzahl (82)[1] der Omar Khajjam zugeschriebenen Vierzeiler sich auch bei anderen Dichtern finden, die zum Teil älter, meist aber jünger sind als er.

---

1) Diese Zahl hat sich später auf 102 vermehrt.

Die Schwierigkeit der Scheidung des Echten von dem Apokryphen liegt somit auf der Hand. Die Sprache kann hier kaum eine Hilfe leisten, um neuere Interpolationen herauszuerkennen, denn sie ist sich – zumal in der Poesie – seit der Zeit der Kreuzzüge bis auf unsere Tage gleichgeblieben. Aus den verschiedenen Sammlungen von Omar Khajjams' Vierzeilern die authentischen Verse herauszufinden, ist daher eine Aufgabe, die – wenn sie überhaupt gelöst werden kann – einer umfassenden textkritischen Untersuchung vorbehalten bleiben muss. Bis dahin ist die Frage nach der Echtheit der einzelnen Rubaijat eine mehr oder weniger müßige. Das Schicksal hervorragender Erscheinungen des Geisteslebens gleicht dem mancher Gestirne: Es hat sich eine Hülle von Licht oder Nebel darum gesammelt, die den eigentlichen Kern verschleiert und von ihm unzertrennlich scheint. Kein Aufwand scharfsinniger Kritik wird je die Hülle ganz entfernen, die beispielsweise die Bücher der Bibel oder die Gesänge Homers umgibt – und zusammenhält. Als Kulturfaktoren und für das allgemeine Bewusstsein der Menschheit werden diese Werke in der Form weiterwirken, in der sie uns überliefert sind. So ist es auch mit den Vierzeilern Omar Khajjams. Selbst wenn man annimmt, dass von den mehr als tausend uns überlieferten Rubaijat nur hundert sein eigenes Werk sind, so wird sich das Gesamtbild, das wir uns nun einmal von ihm gemacht haben, nicht wesentlich verändern. Jetzt aber, wo wir die Scheidung zwischen Eigenem und Fremdem noch gar nicht vorzunehmen imstande sind, tun wir besser daran, das Vorhandene entgegenzunehmen, wie es sich uns bietet. Sind doch die später eingeschalteten Verse gewissermaßen auch als Omars Werk zu betrachten, da sie von seinem Geiste eingegeben, seine Gedanken weiterentwickeln. Ja, selbst solche Rubaijat, welche wahrscheinlich seinen Vorläufern, wie z. B. Avicenna, angehören, sind seiner Sammlung nicht ganz mit Unrecht eingefügt. Sind sie doch der Boden, auf dem er steht, einerlei, ob er mit ihrer Tendenz übereinstimmt oder sie zum Gegenstande seiner Polemik macht. Um Omar Khajjam hat sich das Ganze kristallisiert. Es ist eine Gabe des persischen Geistes an den Kulturschatz der Menschheit. Dass ein so zusammengesetztes Werk ungemein reich an entgegengesetzten Gedanken ist, erscheint nur natürlich; aber doch dürfen wir hierin allein – ja nicht einmal hierin vornehmlich – die Quelle all der vielen Widersprüche suchen. Im Gegenteil, der Interpolator ist meist bemüht, sich an den Geist des Originals anzuschmiegen. Wir gehen wohl kaum fehl in der Annahme, dass die Widersprüche in Omar Khajjam selbst liegen, ja dass sie zu den wesentlichen Merkmalen seiner philosophischen Dichtungen gehören – und dass die apokryphen Teile auch hierin den Geist der echten widerspiegeln. Die Versuche, diese Widersprüche wenigstens zum Teil wegzuerklären oder durch Ausmerzung von nicht in die Erklärung passenden Versen eine einheitliche Weltanschauung des Dichters herzustellen, sind wohl so häufig wie die Ausgaben und Übersetzungen der Rubaijat. Einer befriedigenden Lösung sind wir trotzdem heute noch so fern wie zur Zeit der ersten Erklärungsversuche. Je länger und je eingehender man sich mit Omar Khajjam beschäftigt, umso mehr wird man zu der Einsicht gelangen, dass alle diese Versuche müßig sind, auch abgesehen von der nicht feststehenden Echtheit eines Teiles des Textes. Es hat sich eben jeder der Erklärer aus einem Garten von tausend bunten Blumen sein Sträußchen ausgesucht, aber der Gärtner hat nicht ohne Absicht seinen Garten mit allen Farben geschmückt. Ich bin der Überzeugung, dass die Gegensätze und Widersprüche in den Versen der Widerschein der Gegensätze und Widersprüche der nach Wahrheit ringenden Seele sein sollen. Sie beseitigen zu wollen, gliche dem Versuch, das Werk seines Wesens und wohl auch seines hauptsächlichen Reizes zu berauben. Der Widerspruch des Denkens und Seins, die Unlöslichkeit der Probleme der Außenwelt wie des inneren Menschen sind das Thema, das dem Dichterphilosophen vorschwebte. Die vielfachen Theorien der damaligen Philosophien und Religionen lagen wie ein bunter Landschaftsteppich unter seinem Blick, der frei und erhaben über dem Ganzen schwebte. Er deutet dies in einem seiner Vierzeiler an:

„Wenn ich berauscht bin von der Magier Weine –
ja das bin ich –
Als Ketzer oder Heide euch erscheine, ja das bin
ich,
Ein jeder teilt mich seiner Richtung zu,
Mit Unrecht, denn ich bin ja nur der Meine, ja das
bin ich."

Die nicht auszugleichenden Gegensätze, die in diesem Kampfe der Geister dem Forscher und Grübler entgegentreten, schlugen sich in den einzelnen Versen nieder. Daher der beißend satirische Ton, mit dem Omar jede Lehre der Überlieferung, jeden Erklärungsversuch der Metaphysik und nicht am wenigsten – sich selbst verspottet. Daher vor allem auch das Bestreben, auch das Gegenteil der so abgetanen Lehre ad absurdum zu führen:

„Um Dogmen und Satzungen streiten die einen,
Die andern um Glauben oder Verneinen.
Wer sind nun die, denen die Wahrheit sich zeigt?
Die Antwort ertönt: Sie zeigt sich keinem." –

Der Eindruck des Unentwirrbaren wird noch gesteigert durch die persische Anordnung der Rubaijat nach der alphabetischen Reihenfolge der Endbuchstaben. Unser Geschmack verlangt eine mehr sinngemäße Anordnung, und eine solche haben auch einzelne Übersetzer geschaffen. Fitz Gerald ist hierin gewissermaßen zum klassischen Vorbild geworden. Aber der scheinbar fließende Zusammenhang seiner Verse wird erst ermöglicht durch die beschränkte Auswahl, die er in seiner Sammlung von 101 Vierzeilern getroffen hat. In dieser überwiegt so sehr das Thema der Vergänglichkeit des Lebens mit der anakreontischen Schlussfolgerung: „Genieße, solange du kannst!", dass die Widersprüche der philosophischen Gedanken nicht zu störender Wirkung gelangen. Whinfield, der 500 Rubaijat übersetzt hat, hat ebenfalls den Stoff nach Gegenständen geordnet, aber seine Versuche, die Widersprüche zu erklären oder auszugleichen, können nicht als befriedigend angesehen werden. Eine ähnliche Einteilung wie Whinfield habe auch ich zugrunde gelegt, indem ich die von mir übersetzten Rubaijat unter den vier Überschriften Vergänglichkeit, Welträtsel, Lehre und Wein und Liebe untergebracht habe. Diese Einteilung versucht den Stoff übersichtlich zu gruppieren, ist aber ebenfalls unzulänglich. Jedenfalls ist meinerseits nicht der Versuch gemacht worden, durch die Übersetzung oder durch die Anordnung die Widersprüche abzuschwächen. Diese treten vielmehr dem Leser in der ganzen Schärfe des Originals entgegen, so dass es ihm wohl als eine kaum lösliche Aufgabe erscheinen muss, zur Erkenntnis dessen durchzudringen, was er als die eigentliche Weltanschauung des Dichters bezeichnen möchte.

Um einer solchen näher zu kommen, ist es nützlich, zuerst festzustellen, was die Tendenz und Weltanschauung Omar Khajjams nicht ist. Um den verbreitetsten Beurteilungen entgegenzutreten, müssen wir vorgreifend erklären, dass Omar ebenso wenig der rein materialistisch-atheistischen wie der traditionell-kirchlichen Richtung angehört. Ersteres namentlich ist oft verkannt worden, während schon auf den ersten Blick die tiefe Missachtung des Dichters gegen den starren Dogmatismus seiner Zeit hervortritt. In erster Linie wendet er sich natürlich gegen die Auswüchse des Islam, aber auch die anderen ihm bekannten Religions- und Traditionsformen beleuchtet er mit dem Lichte einer schonungslosen Kritik. Am schärfsten geht er gegen die Richtung vor, die in der Sprache der Bibel als die der Pharisäer und Schriftgelehrten bezeichnet wird, d. h. gegen die der in ihrer Selbstzufriedenheit bis zur Heuchelei und Unduldsamkeit gehenden Frömmler:

„Die keinen Schritt jemals vom Weg gemacht,
Die bis zum Morgen nie die lange Nacht
Im Suchen nach der Wahrheit durchgewacht
Und manchen Braven um Leib und Ehr' gebracht."

Sie sind es, die zu allen Zeiten und bei allen Völkern die freie Forschung gehemmt, den Forscher ins Elend oder aufs Schafott gebracht haben. Auch Omar hatte ja, wie wir gesehen haben, viel unter den Pharisäern seiner Zeit zu leiden, die ihn nun einmal nicht verstehen konnten. Ihnen ruft er zu:

„O Frömmler, einen Wunsch nur mir erfülle!
Spar deinen guten Rat und schweig mir stille.
Glaub mir, ich geh' gradaus, du siehst nur schief.
Drum lass mich gehn und kauf dir eine Brille."

Lieber als die heuchlerische Selbstzufriedenheit und Werkheiligkeit ist ihm der „jenseits von Gut und Böse" liegende Zustand, den die persische Dichtersprache mit dem Rausche vergleicht:

„O Herr, von Selbstgefälligkeit erlöse mich!
Führ' mich zu Dir, und von mir selbst erlöse mich!
So lang ich nüchtern bin, kenn' Gut und Böses ich.
Vergessen lass im Rausch Du Gut und Böse
mich!"

Nicht nur gegen Auswüchse wie Scheinheiligkeit und Heuchelei, sondern überhaupt gegen den starren Dogmen- und Formelkram, wie er im Mittelalter, zumal im Orient, alle Religionsformen beherrschte, richtet sich sein Kampf. – Mit einer für seine Zeit beispiellosen Kühnheit[1)] setzt er alle Richtungen dem Islam gleich, insofern sie das freie Suchen nach der Wahrheit hemmen:

„Kaaba und Götzenhaus bedeuten Knechtung,
Der Christen Glocken, hört, sie läuten Knechtung.
Kirche und heilige Schnur[2)] und Rosenkranz und
Kreuz,
Glaubt mir, sie alle nur bedeuten Knechtung."

Die beiden letzten Vierzeiler werden heutzutage in Persien als sufisch gedeutet, und in der Tat lassen sie eine derartige Deutung auch zu. Der außerhalb von Gut und Böse liegende Rauschzustand ist eine ganz sufische Vorstellung, ebenso wie es auch dem Sufi eigen ist, sich über alle Religionsformen erhaben

1) Eine gewisse Ähnlichkeit mit Omar Khajjam hat man in dem arabischen Dichter Abul Ala Maarri erblicken wollen, dessen Todesjahr (1057) um die Zeit kurz nach der Geburt Omars fällt. Es ist möglich, dass Omar seine Werke gekannt hat, indessen besteht zwischen dem Araber und dem Perser ein so weiter Unterschied, dass an eine Beeinflussung Omars durch Abul Ala nicht gedacht zu werden braucht.
2) Das Abzeichen der Brahmanen und der Magier.

zu dünken. Bei zahlreichen anderen Rubaijat ist es ebenso. Viele tragen unverkennbar das Gepräge des sufischen Mystizismus, andere können als mystisch gelten und werden – namentlich in Persien – ganz allgemein durchweg als mystisch gedeutet. Dieser landläufigen Auffassung hat sich einer der ersten Herausgeber der Rubaijat in Europa[1)] angeschlossen, und ihm sind dann die meisten älteren Erklärer, unter anderen auch Bodenstedt, gefolgt. Dass in Persien eine derartige einseitige Interpretation entstand, ist nur zu natürlich. Durch die mystische Deutung verloren die oft skeptisch und irreligiös klingenden Gedanken das Anstößige. Das Buch des Zweifels wurde zum Buch der Erbauung. So gründlich und einfach diese Lösung scheint, so wenig entspricht sie dem wahren Wesen des Dichters. Omar ist ein Denker, dessen verborgene Schätze mit einem so einfachen „Sesam, tu dich auf" nicht erschlossen werden können. Wir hatten schon (S. 97) erwähnt, dass die Dichter jener Zeit sich oft gezwungen sahen, ihren Gedanken eine äußere Form zu geben, welche der Staatsreligion nicht zu widersprechen schien, und dass sie, auch abgesehen von diesem äußeren Zwange, den Hang besaßen, ihre innersten

1) Nicolas: Les Quatrains de Khèyam. Paris 1857.

Gedanken nur wenigen Eingeweihten zugänglich zu machen. Wo diese allein den tiefen Sinn des Skeptikers zu erkennen vermögen, zeigt sich dann der Masse nur ein kirchlich einwandfreier Satz im Gewande der erlaubten Mystik. Diese zwischen Okkultismus und Heuchelei liegende Verstellungskunst, die als Ketman bekannt ist, spielt eine große Rolle in Omars Vierzeilern und muss bei ihrer Erklärung stets berücksichtigt werden. So kann zum Beispiel das Wort, welches ich in dem auf Seite 126 zitierten Rubai mit „Knechtung" wiedergegeben habe, auch mit „Frömmigkeit" oder „Andacht" übersetzt werden. Dann ist der Vers natürlich ganz einwandfrei. Aber zweifellos ist das nicht Omars eigentlicher Gedanke gewesen; aus dem nächsten Verse sehen wir, worin die Knechtung besteht und was das Mittel zur Befreiung ist:

„In Kirchen und Moscheen und Synagogen
Wird man um seiner Seele Ruh' betrogen,
Doch dem, der der Natur Geheimnis ahnt,
Wird keine Furcht vorm Jenseits vorgelogen."

Schon früh hat man in Persien erkannt, dass die Deutung von Omars Gedichten als mystisch der Wahrheit nicht entsprach. Eine „Geschichte der Gelehrten", welche in der ersten Hälfte des zwölften Jahrhunderts erschien, sagt hierüber: „Omar al Khajjam, der Imam (geistliches Oberhaupt) von Chorassan und der größte Gelehrte seiner Tage, war ein genauer Kenner der griechischen Wissenschaft. Er lehrte das Suchen nach dem einen höchsten Regierenden, indem er durch Reinigung von den Sinnenlüsten die menschliche Seele zu erheben trachtete. Er wies auf die Notwendigkeit hin, die politische Wissenschaft nach den Grundsätzen der Griechen zu studieren. Die späteren Sufis haben geglaubt, mit einigen der äußeren (d. h. wörtlichen) Bedeutungen seiner Verse übereinzustimmen, haben diese in ihr System eingeführt und besprechen sie in ihren öffentlichen und privaten Versammlungen. Aber ihr innerer Sinn ist der koranischen Lehre eine beißende Schlange." Also nicht in der sufischen Mystik, sondern im Suchen „nach der Natur Geheimnis", in der freien Forschung soll das Heil liegen, oder vielleicht mehr noch im selbständigen, vom Dogma unabhängigen Grübeln und Philosophieren! Beides geht bei Omar Khajjam ineinander über, denn von einer naturwissenschaftlichen Forschungsmethode in unserem Sinne kann selbst bei einem so hervorragenden Astronomen, der vom physischen Weltsystem alles das beherrschte, was dem griechischen Altertum bekannt war, zu jener Zeit doch wohl nicht die Rede sein. In der Hauptsache handelt es sich um das „Philosophieren“ der den ewigen Rätseln der Existenz ratlos gegenüberstehenden Sterblichen. Und hierbei muss sich der Suchende befreien von allen Fesseln des Korans. Von allen? – Wer könnte sich ganz loslösen von der Grundlage, auf der er aufgewachsen ist, von der Gedankenwelt, in der er lebt?

Omar gibt diesem Zwiespalt in seiner Seele offenen Ausdruck. Zur Erklärung muss hier darauf hingewiesen werden, dass das eigene selbständige Denken, im Gegensatz zu den engen Lehren der Überlieferung, von Omar Khajjam unter dem poetischen Bild des Weines dargestellt wird. Es kann gar nicht genug betont werden, dass das viel gefeierte Trinken sich in erster Line auf das selbständige Denken – wir würden sagen auf das Ausleben der Individualität – bezieht. In erster Linie, denn es bleibt immer noch die Möglichkeit auch anderer Deutungen, so des Genusses des Augenblicks ohne Grübeln und Nachdenken, wie dies beispielsweise in folgendem Rubai zum Ausdruck gelangt:

„Ich trinke nicht aus bloßer Lust am Zechen,
Noch um des Korans Lehre zu durchbrechen.
Nur um des Nichtseins kurze Illusion,
Das ist der Grund, aus dem die Weisen zechen."

Auch die mystische Bedeutung des Weins als göttliche Begeisterung ist in einigen der Rubaijat möglich, aber auch abgesehen von der Frage der Echtheit der betreffenden Vierzeiler – diese Deutung entspricht weniger dem eigentlichen Wesen Omar Khajjams. Diese Mehrdeutigkeit darf übrigens nicht wegerklärt werden, sie gehört durchaus zum Wesen der persischen Poesie. Sie darf uns aber auch nicht daran hindern, den Hauptsinn klar zu erkennen, und dieser ist im vorliegenden Falle das unter dem Bild des Weines dargestellte freie Philosophieren. Die Philosophie ist – wie der Wein – ein verbotener Genuss, dem man heimlich nachgeht, der das ganze Wesen des Genießenden gefangennimmt und nicht wieder loslässt. Nach der Eroberung Persiens durch die Araber und seiner Bekehrung zum Islam zogen sich bekanntlich die letzten Anhänger der zoroastrischen Religion, die „Magier", in die in allen Städten vorhandenen Trümmerstätten zurück, wo sie insgeheim dem Wein und der alten Lehre huldigten. Zum „Weinhaus in den Ruinen“ wendet sich der Schritt des Dichters, um sich dort vom „Saki“, dem Schenken, den „Wein der Magier“ kredenzen zu lassen, und auch wohl, um die alten Lehren des „Pir i Mughan“, des „Ältesten der Magier“, anzuhören. Diese Terminologie ist bei allen persischen Dichtern fast die gleiche, aber nicht immer gleich ist ihre innere Bedeutung. Bei Omar Khajjam fasst das Wörtchen „mey“ (Wein) alle die Gedankenreihen zusammen, die sich aus dem echt arischen Streben nach unabhängigem Denken und freiem Suchen nach der Wahrheit ergeben, im Gegensatz zu den starren Dogmenmauern, die das Arabertum aufgerichtet hatte. Dieser Zwiespalt in der Seele des Dichters wird besonders deutlich in folgendem Rubai veranschaulicht:

„In einem Arm den Krug, im andern den Koran,
Bald auf dem geraden Weg, bald auf verbot'ner
Bahn:
So bin ich unter dem türkisgewölbten Dom
Kein ganzer Heide und kein rechter Muselman.“

Ein harter Kampf geht im Innern des Dichters vor. Wohl möchte er den Lehren des Islam folgen, aber der

Drang zum Denken und Suchen ist in ihm zu stark, als dass er ihm auf die Dauer widerstehen könnte:

„Ich nahm mir endlich vor, nüchtern und fromm
zu sein,
Und in mein Herze zog nun voller Friede ein,
Doch ach!, die Frömmigkeit zerschellt am ersten
Krug,
Die Nüchternheit ertrank im ersten Becher Wein."

Immer wieder zieht es ihn zum „Wein" des freien Denkens. Die Zeit, die er auf das Studium der schulmäßigen Theologie verwendet hat, erscheint ihm verloren:

„Mit meiner Kutte hab' ich das Fass bekleidet,
Will sehn, weil's doch mich nicht mehr im Kloster
leidet,
Ob in der Schenke ich einbringen kann
Die Jahre, die im Hörsaal ich vergeudet."

Dieser Kampf ist das menschlich Interessante an Omar Khajjams Dichtung. Wie kann Gott ihm zürnen, wenn er doch nur der ihm eingepflanzten Neigung folgt?

„Wenn Du mit meinem Elend Mitleid hast,
Nimm von der Schulter mir der Sünden Last;
Verzeih dem Fuß, der nach der Schenke strebt,
Verzeih der Hand, die nach dem Becher fasst!"

Bald versucht er vergeblich den Weg der „toube", des Besserungsschwurs und der Reue zu betreten:

„An jedem Tag nehm' ich mir vor aufs Neue,
Dass ich das Trinken lasse und bereue;
Doch nun voll Rosenduft erschienen ist
Der holde Lenz – bereu' ich meine Reue."

Oft sucht er in trotzigem Widerspruch die koranische Lehre ad absurdum zu führen:

„Der Koran sagt, im Paradies sei Wein
Der Frommen Lohn und holde Mägdelein.
Dann sei schon hier mir Lieb' und Wein erlaubt,
Wenn's droben doch dasselbe nur soll sein!"

Schließlich sucht er durch eine freilich kaum einwandfreie Interpretation den Weingenuss, d. h. das freie

Denken, bis zu einem gewissen Grade mit der Lehre Mohammeds zu versöhnen:

„Zu dem Propheten sollt ihr gehn und sagen:
Es lässt Khajjam dich grüßen und dich fragen:
Wie kommt's, dass saure Milch du mir erlaubt,
Und dass ich süßem Weine soll entsagen?"

Und den Propheten lässt er hierauf antworten:

„Geht zu Khajjam und sagt, ich ließ ihm sagen:
Ein Tor nur kann so unvernünftig fragen:
Dem Weisen gilt ja nicht mein Weinverbot,
Allein dem Toren musst' ich ihn versagen."

Im Weine des philosophischen Denkens erblickt Omar dasjenige, was das Leben noch lebenswert macht:

„Eh dich die Sorgen ganz erschlagen haben,
Sollst du an rosenfarb'nem Wein dich laben.
Du bist ja doch kein Gold, das man verscharrt,
Um es dann später wieder auszugraben."

Der Kampf, auch der schwerste, hat seine Genugtuungen. Lässt sich dasselbe auch vom Siege sagen? Wenn kein Glaubenssatz und keine Überlieferung mehr im Wege steht, wenn der Geist des Forschers gewissermaßen in unbegrenztem Äther schwebt, was dann? Wird dann der Mensch die Erkenntnisse, um die er so lange gerungen, wie reife Früchte ernten können? Nur der kindlich Oberflächliche wird glauben, die Wahrheit mit den Händen fassen zu können, wenn sie ihm wie ein leuchtendes Gestirn unverhüllt von Wolken gegenübersteht. Ein Geist wie Omar Khajjam wird sich dann erst seiner Unzulänglichkeit bewusst. Er muss am Schlusse seines langen, der Forschung gewidmeten Lebens eingestehen:

„Von dieses Weltrads Drehung verstand ich nichts,
Und außer Zweifeln darunter fand ich nichts.
Im Ringen nach Erkenntnis bracht' ich hin
Mein langes Leben, und doch erkannt' ich nichts!"

Er weiß jetzt, dass das meiste dessen, was er anfangs mit Stolz für Errungenschaften der Wissenschaft gehalten hat, vor der Kritik reiferer Jahre nicht standhält.

„Als ich noch in der goldnen Jugend stand,
Schien mir des Daseins Rätsel fast bekannt.
Doch jetzt, am Schluss des Lebens, seh' ich wohl,
Dass ich von allem nicht ein Wort verstand."

Ja, die Bewegungen der Himmelskörper konnte Omar Khajjam so genau berechnen, dass er eine der gregorianischen überlegene Kalenderverbesserung vornehmen konnte. Aber was wollen derartige Resultate besagen gegenüber den ewigen Fragen nach Anfang, Ende und Zweck des Weltalls? Hier bleibt die Wissenschaft ohne Antwort:

„Was diesen goldnen Dom in Umlauf einst gesetzt
Und wie sein stolzer Bau ins Wanken kommt
zuletzt,
Hat keines Weisen Stein zu finden noch vermocht
Und keine Waage noch, kein Maßstab
abgeschätzt."

Und dann bekennt er offen:

„Kein Mensch erklärt die Rätsel der Natur,
Kein Mensch setzt einen Schritt nur aus der Spur,
Die seine Wesensart ihm vorschrieb, und es bleibt
Der größte Meister doch ein Lehrling nur."

Das Leben des Menschen ist kurz und vergänglich, die Rätsel aber, an denen er raten muss, bleiben ihm ewig unlöslich:

„Das Rätsel dieser Welt löst weder du noch ich,
Jene geheime Schrift liest weder du noch ich.
Wir wüssten beide gern, was jener Schleier birgt,
Doch wenn der Schleier fällt, bist weder du noch
ich."

Und noch trüber klingt der Vers:

„Von dieser Erdenwelt scheid' ich nun ab,
Die kurze Zeit mir hier ein Obdach gab.
Von allen Rätseln ward mir keins gelöst,
Und tausend Zweifel nehm' ich mit ins Grab."

Aber bleibt nicht wenigstens die Hoffnung, dereinst nach dem Tode in besseren Welten das zu schauen, was uns hier versagt war? Auch dieser tröstlichen Lehre begegnet Omar mit seiner schonungslosen Kritik:

„Könnt'st lebend du der Welt Geheimnis fassen,
Würd'st auch im Tod von diesem Hort nicht
    lassen.
Was lebend du nicht fass'st, wie willst du das
Erst fassen, wenn die Sinne dir erblassen?"

Wie glücklich ist der, welcher „brkhabar" – unbewusst und unbekümmert – durch das Dasein wandelt:

„Von allen, die auf Erden ich gekannt,
Ich nur zwei Arten Menschen glücklich fand:
Den, der der Welt Geheimnis tief erforscht,
Und den, der nicht ein Wort davon verstand."

Und schließlich ruft er resigniert:

„Der Welt Geheimnis wirst du nicht ergründen,
Das Wort, das keiner fand, wirst du nicht finden.
Schaff dir im Wein ein Erdenparadies,
Ob's dort ein Paradies gibt, wird sich finden."

Also wieder der Wein! Aber ist es hier noch die freie Spekulation? Ist es Sinnenrausch, „um des Nichtseins kurze Illusion"? Ist es sufische Ekstase?

Von allen Rätseln der Welt ist das größte der Mensch. Die quälende Frage, wozu wir in die Welt gesetzt sind, wenn wir sie doch wieder zu verlassen haben, wozu alle Anstrengung, alle Vervollkommnung, wenn doch alles hinfällig ist, tönt durch die ganze persische Literatur und auch durch Omars Poesie wie ein immer wiederkehrendes Leitmotiv in ewig neuen Variationen:

„Geschlechter sind erglüht wie helle Funken,
Haben gelebt, geliebt, gehasst, getrunken.
Sie leerten hier ein Glas und sind verlöscht,
Sind in den Staub der Ewigkeit versunken."
„Die goldnen Lichter, die am blauen Weltrad gehn,
Haben sich viel gedreht und werden viel sich
drehn.
Und wir, im ew'gen Kreislauf der Erscheinungen,
Kommen auf kurze Zeit – um wieder zu vergehn."

Das „Weltrad", der Himmel mit seinen Gestirnen, in denen das Schicksal der Menschen geschrieben steht, wird immer wieder angeklagt:

„Was hat dies Weltrad nicht viel edles Blut
vergossen!
Wie manche Blume welkt, die kaum der Erd'
entsprossen!
Verlass dich, Knabe, nicht auf deiner Jugend
Glanz!
Wie manche Knospe fiel, eh sie noch ward
erschlossen!"

Die Nutzlosigkeit alles Strebens ist der lähmende Schluss, den Omar aus der Vergänglichkeit zieht.

„Was hab' ich nun von all des Lebens Plagen? –
Nichts!
Von aller meiner Müh' davongetragen? – Nichts!
Was nützt's mir, dass ein Licht ich war, wenn's
doch verbrannt!
Was nützt das Glas Dschemschids – wenn's doch
zerschlagen? – Nichts!
„All unser Leben und Streben – was taugt's?
Und all unser Wirken und Weben – wer
braucht's?
Im großen Schicksalsofen verbrennt
So mancher Edle und Gute – wo raucht's?"

Immer wieder drängt sich das Problem auf: Wozu sind wir erschaffen, wenn doch nur Schmerz, Misserfolg und Vergänglichkeit unser Los sind? Und er richtet die Frage an den Schöpfer:

„Was hat es Dir genützt, dass ich gekommen?
Was hilft's Dir, wenn Du einst mich
fortgenommen?
Ach! Keines Menschen Ohr hat je vernommen,
Wozu von hier wir gehn, wozu hierher wir
kommen."

Die ganze Tragik der Vergänglichkeit hat Omar in dem charakteristischen Bild des Töpfers veranschaulicht, der aus der Erde begrabener Geschlechter seine vergängliche Ware formt. Was lebt, wird wieder zu Erde (gil = Ton oder Erde), und aus dieser Erde schafft der Töpfer Gefäße, die in ihrer Zerbrechlichkeit wiederum Sinnbilder der Vergänglichkeit sind.

„Gestern zerschlug ich meinen Krug mit Wein
In meiner Trunkenheit an einem Stein.
Da sprach des Kruges Scherbe: Wie du bist,
War ich, und wie ich bin, wirst du einst sein."

Dies sind die für Omar Khajjam so charakteristischen Betrachtungen über die Vergänglichkeit des menschlichen Daseins, für die seine Philosophie allerdings nicht ganz ohne Trost ist. Der versöhnende Gedanke besteht in der monistischen Anschauung, wonach die Zeit nur der kurze Übergangszustand ist, der die Einzelwesen von Gott und vom Ganzen trennt.

„Der Tropfen weint: Wie bin vom Meer ich weit!
Das Weltmeer lacht: Vergeblich ist dein Leid!
Sind wir doch alle Eins, sind alle Gott;
Uns trennt ja nur das winz'ge Pünktchen ‚Zeit'. –"

Ja, für die Idee der Einheitslehre ist dies schon ein schöner Gedanke, aber für das Individuum? Diese Schwäche jener Lehre ist Omar natürlich nicht entgangen, und er fragt mit Unmut, wozu denn Gott dem Menschen das Bewusstsein gegeben hat, wenn er es ihm doch wieder zu nehmen beabsichtigte:

„Zuerst hätt' ich mein Ich noch nicht erkannt.
Zuletzt zerschneid'st Du des Bewusstseins Band.
Da dies von Anfang Deine Absicht war,
Was macht'st Du mich erst mit mir selbst
bekannt?"

So wird denn auch die letzte der Illusionen zerbrochen, mit der der Sterbliche sich über die unergründlichen Tiefen des Sinnens hinwegzuhelfen sucht, und das Gesamtbild bliebe ein trostloser Skeptizismus, wenn man nicht die geistige Freude kennte, die der Perser gerade in dem Spiel mit derartigen scharfsinnigen Betrachtungen findet.

Aber, so fragt sich der Leser der Rubaijat mit Recht, was ist denn an den Anschauungen dieses so eigenartigen und vielseitigen Philosophen das Positive? Ja, das Positive! – Es ist schon mit Rücksicht auf den nicht feststehenden Text der Vierzeiler nicht möglich, auf diese Frage eine befriedigende Antwort zu geben. Umso größeres Interesse bietet uns ein erst kürzlich von einem dänischen Gelehrten[1)] in einer Pariser Handschrift entdecktes Traktat Omar Khajjams über

1) A. Christensen: Un traite de Metaphysique de Omar Hayyam, in: Le Monde Oriental I, 1. 1906.

die Metaphysik. Mit der größten Spannung werden die Freunde des Dichters wissen wollen, ob in diesem kleinen Werk der Schlüssel des Rätsels von Omars eigenster Weltanschauung zu finden ist. Das Traktat ist sehr kurz und, wie eingangs gesagt wird, auf Wunsch eines Sohnes des früher (S. 103, 104) erwähnten Nisam el Mulk geschrieben. Es macht fast den Eindruck, als ob Omar Khajjam sich dieser Aufgabe ohne Enthusiasmus unterzogen und – vielleicht in der Voraussicht, dass der Inhalt doch wohl nicht recht verstanden würde – in etwas nachlässiger Weise die landläufigen Theorien der Metaphysik zusammengestellt hätte. Möglich, dass er auch eine Falle witterte, die ihm seitens seiner Feinde gestellt werden sollte. Dass statt des sonst bei philosophischen Schriften üblichen Arabischen das Persische gewählt ist, erklärt sich wohl aus der Bestimmung der Schrift in usum Delphini. In den ersten vier Kapiteln werden die Lehren der griechischen Philosophen, ähnlich wie sie sich bei den „Brüdern der Reinheit“ und bei Avicenna finden, kurz entwickelt. Auf Omars Weltanschauung könnte höchstens das vierte und letzte Kapitel einiges Licht werfen. Dieser kurze Abschnitt ist so charakteristisch, dass ich ihn hier wörtlich wiedergeben möchte:

„Letztes Kapitel, welches davon handelt, dass diejenigen, welche nach der Erkenntnis Gottes – Er sei hoch gepriesen – streben, in vier Gruppen zerfallen: Die Ersten sind die Theologen, welche sich mit Disputationen und Beweisen begnügen, die den Geist beruhigen und sich mit diesem Grad der Erkenntnis Gottes zufrieden geben. – Die Zweiten sind die Philosophen und Weisen, welche die Erkenntnis durch Argumente des Verstandes nach den Gesetzen der Logik suchen und sich in keiner Weise mit beruhigenden Argumenten begnügen. Indessen können sie sich nicht auf die Gesetze der Logik verlassen und sind ebenfalls nicht zu ihrem Ziele gelangt. – Die Dritten sind die Ismailiten, welche sagen, dass es keinen Weg zur Erkenntnis gibt ohne einen zuverlässigen Führer, weil die Argumente der Erkenntnis des Schöpfers und seines Wesens und seiner Attribute vielen Schwierigkeiten und Widerlegungen ausgesetzt sind, so dass der Verstand stutzig wird und nicht weiter kann. Daher wäre es vorzuziehen, nach einer zuverlässigen Belehrung zu suchen. – Die vierte Gruppe ist die der Sufi (Mystiker), welche die Erkenntnis nicht durch Nachdenken und Spekulation suchen, sondern dadurch, dass sie ihr Inneres reinigen und ihren Charakter läutern, die Vernunftseele von den Störungen befreien, die ihrem körperlichen Wesen anhaften. Wenn diese Substanz geläutert vor die göttliche Herrlichkeit treten wird, dann werden ohne jeden Zweifel die Formen dieser Erkenntnisse in jener Welt offenbar werden. Und dieser letztere Weg (der Sufismus) ist der beste von allen (vieren), denn es ist bekannt, dass dem Höchsten keine Vollkommenheit fehlt und dass es in jener Welt keine Schranken und keine Schleier gibt. Aber alles, was (hier) existiert, ist dem Menschen wegen der Niedrigkeit seiner Natur verborgen. Wenn aber die Schleier fallen und die Schranken verschwinden werden, dann wird das wahre Wesen der Dinge, so wie sie sind, erkennbar werden. Der Prophet – über ihm sei Friede! – hat hierauf hingewiesen mit den Worten: ‚Wahrlich, in den Tagen eures Daseins kommen euch die göttlichen Eingebungen; wollt ihr ihnen nicht folgen?'

Hier endet das Traktat, Dank sei Gott und seiner gnädigen Hilfe!"

Und am Schluss findet sich noch folgender mystische Vers, vielleicht ein Zitat:

„Den Denkern sage, dass dem Liebenden (d. h.
dem Mystiker)
Die Ekstase den Weg weist und nicht die
Spekulation."

Hier haben wir das vollkommene Glaubensbekenntnis eines reinen Sufi, und die Frage nach Omars Weltanschauung scheint endgültig gelöst. Und doch – man lese seine Verse, nicht nur die von mir wiedergegebene Auswahl – und man kann sich mit dieser Erklärung unmöglich zufrieden geben. Oder sind etwa alle nichtmystischen Verse apokryphe Zusätze? Dass dies nicht der Fall war, bezeugen uns seine Zeitgenossen ausdrücklich, und namentlich eine der frühesten Nachrichten über ihn, die uns noch dazu in einer Handschrift erhalten ist, welche um 130 Jahre älter ist als die älteste Sammlung der Rubaijat. Diese Quelle nennt ihn einen" unseligen Philosophen und Materialisten", dem die Segnungen der Koranlehre versagt seien, und fügt zum Beweise seiner „absoluten Schamlosigkeit und Verderbtheit" zwei Vierzeiler von ihm an, deren Echtheit wir füglich nicht bezweifeln können. Der erste dieser Verse lautet:

„Von diesem Kreis, in dem wir hier uns drehn,
Kann ich nicht Anfangspunkt, nicht Endpunkt
sehn.
Noch keiner sagt' mir, wo wir kamen her,
Und keiner weiß, wohin von hier wir gehn."

Und dies das zweite dieser Rubaijat:

„Als Du das Leben schufst, schufst Du das
Sterben:
Uns, Deine Werke, weiht'st Du dem Verderben;
Wenn schlecht Dein Werk war, sprich, wen trifft
die Schuld?
Und war es gut, warum schlägst Du's in
Scherben?"

Dieses und andere Zeugnisse – wie das von uns zitierte (S. 129) von den „beißenden Schlangen" – bestätigen den Eindruck, den man beim unbefangenen Lesen der Rubaijat gewinnt, und lassen es ausgeschlossen erscheinen, dass Omar nichts weiter als einer der unzähligen sufischen Dichter gewesen sei. Wenn ihn vielleicht die Umstände zwangen, ein sufisches Bekenntnis niederzulegen, wie wir es am Schlusse seines metaphysischen Traktats finden, so müssen wir doch wohl annehmen, dass ihm nach der Niederschrift ein „eppur si muove" entfahren sein wird. Dabei aber erscheint mir eine starke Hinneigung zur Einheitslehre der Sufismus unverkennbar – und wäre es auch nur deshalb, weil er nie, soviel ich weiß, diese Lehre zu verspotten oder ad absurdum zu führen sucht. Charakteristisch aber bleibt für diesen persischen Monismus überhaupt und den Omars im Besonderen eine viel ausgeprägtere Persönlichkeit des höchsten Wesens, als dies bei den moderneren Monisten der Fall ist. Man könnte sagen, bei den Persern ist das Weltall mehr ein Ausfluss der Persönlichkeit Gottes, bei den Monisten des Abendlandes ist Gott eine Abstraktion des Weltalls. Jedenfalls betrachtet Omar Khajjam die Einheit der Existenz, „vahdat al vudjud", als die einzige unantastbare Lehre seiner Zeit, wie unter anderem aus folgenden Versen hervorgeht:

„War auch der Tugend Kleinod nicht das meine,
Prangt' ich auch nicht in voller Sündenreine,
So zweifl' ich doch an Deiner Gnade nicht,
Nannt' ich doch niemals Zwei das ewig Eine."

Mit anderen Worten: Omar betrachtet den Zweifel an der absoluten Einheit als die einzige Verfehlung, durch die er die göttliche Gnade verwirken könnte, gewissermaßen als die „Sünde wider den Heiligen Geist".

Die Wertschätzung Omar Khajjams für die Einheitslehre geht auch noch aus folgendem Umstande hervor. In dem kurzen metaphysischen Traktat entwickelt Omar mit verhältnismäßiger Ausführlichkeit eine eigentümliche – ursprünglich neupythagoreische – Zahlentheorie, die dann in die Philosophie der Mu'tasiliten übergegangen ist und sich auch bei den „Brüdern der Reinheit" (S. 97) wiederfindet: In alter Zeit wurden im Arabischen – wie bekanntlich auch im Griechischen – die Zahlenwerte durch Buchstaben ausgedrückt, an deren Stelle dann später die indischen sogenannten „arabischen" – Ziffern traten. Alif (a) ist = 1, b = 2 usw. Da nun von den Existenzgraden, in welche die Neuplatoniker und Neu-Pythagoreer die Welt einteilten, der erste die „ewige Vernunft" oder Gott ist, von dem dann alle anderen ausgehen, wird diese erste Ursache durch den Buchstaben Alif (= a) dargestellt. Infolgedessen wird Alif (= a =1) nicht mehr als Zahl betrachtet, sondern steht außerhalb des Zahlensystems. „Wenn mich jemand fragte, welches die kleinste Zahl ist", sagt Omar in seinem Traktat, „würde ich antworten ‚Zwei', denn Eins ist keine Zahl. Denn man nennt eine Zahl dasjenige, welchem etwas vorausgeht und etwas folgt. Nun ist aber derjenige, dessen Existenz notwendig ist, Eins und tritt aus der Kategorie der Zahlen heraus, da ihm nichts vorausgeht, und es folgt daraus mit Notwendigkeit, dass die erste Ursache ‚Eins' (= Alif, a) ist" usw.

Nun findet sich diese Lehre auch in einem eigentümlichen – oft missverstandenen – Rubai Omars wieder, welches sinngetreu verdeutscht so lautet:

„Sie sprach: ‚Ich will dich mal examinieren.
Fang an das Alphabet zu buchstabieren!'
Ich sagte ‚A'. Sie sprach: ‚Sag weiter nichts!
Wer A nur kennt, braucht sonst nichts zu
studieren'".

Die Übereinstimmung dieses Verses mit der oben angeführten Lehre des „Traktats" lässt vielleicht den Schluss zu, dass die monistische Lehre Omar so nahe stand, dass er sich gern eines derartigen Sinnbildes bediente, um sie klarer hervortreten zu lassen. Aber trotz aller Vorliebe für den Monismus ist Omar doch kein ganzer Sufi. Die Einheitslehre erscheint ihm wohl als der verhältnismäßig erfolgreichste aller Versuche, das große Rätsel zu erklären, wie mit einem allmächtigen und gütigen Weltenlenker Tod und Vergänglichkeit, überhaupt das Unvollkommene und Schlechte zu vereinbaren sind. Aber daneben bleibt noch breiter Raum für eine weitgehende Skepsis und für die Würdigung auch noch anderer Lehren.

Wenn schon hinsichtlich der Einheitslehre Omar Khajjam einigen unserer Naturphilosophen nahesteht, so ist er auch in anderer Beziehung dem Standpunkt der neueren Philosophie näher als dem der scholastischen. In der weisen Beschränkung auf weniges Positive im Gegensatz zu dem Vielen, das der Kritik unterliegt, ist Omar ganz modern. An Kant und seine Schule erinnert vor allen Dingen die stets an dem menschlichen Erkennungsvermögen geübte Kritik, verbunden mit der Einsicht, dass das Forschen nach den letzten Ursachen eine im menschlichen Wesen begründete Notwendigkeit ist, ein Naturtrieb, der immer wieder zum Durchbruch kommt, wie sehr ihn auch die feststehenden Lehren einer jeden Zeit zu unterdrücken trachten mögen. Dies stellt ihn uns näher als irgendeinen anderen Dichter und Denker der persischen Literatur oder wohl überhaupt des Mittelalters. Was ihm seine wahre Größe verleiht, ist seine Stellung über allen Theorien. Ich möchte gerade darin, dass Omar alle die verschlungenen Pfade des Denkens andeutet und sich doch in keiner Sackgasse verrennt, als das für ihn Charakteristische bezeichnen. Nicht orthodox, nicht irreligiös-materialistisch, nicht durchweg sufisch-mystisch ist seine Weltanschauung. Auch folgt sie keiner der anderen Sekten und Religionen jener Zeit, und mit Recht kann er von sich sagen:

„Ein jeder teilt mich seiner Richtung zu,
Mit Unrecht, denn ich bin doch nur der Meine;“

Ob Omar jemals das innerste Eigne seiner Anschauung geoffenbart hat, wird sich wohl nie feststellen lassen. Wie Kant hat er sehr vieles von dem, was er dachte, zweifellos für sich behalten, und sicher wusste er, dass das Urteil der Nachwelt über ihn schwanken würde:

„Ich geh' dahin und lass die Welt zurück im Streit.
Und hatt' von hundert Perlen doch kaum eine
aufgereiht.
Unausgesprochen blieb so manches tiefe Wort,
Weil's doch niemals verstanden hätte meine Zeit!"

Aber die Perlen, die er aufgereiht hat, werden niemals ihren Wert verlieren. Sein Beitrag zum Geistesschatz der Menschheit ist von so eigenartiger Tiefe und dabei von so vollendeter Form, dass Omar Khajjam seinen Sitz unter den Größten und Besten behalten wird, welche in der Erinnerung der Erdbewohner die Unsterblichkeit erlangt haben.

Einige bemerkenswerte Schriften über Omar Khajjam

1897 erschien in Petersburg in russischer Sprache eine eingehende Untersuchung von Valentin Schukowski über Omar Khajjam und die „wandernden“ Vierzeiler. Diese Schrift leitet die Periode kritischer Studien über Omar Khajjams Persönlichkeit und seine Werke ein.

Ein englischer Auszug obiger Schrift von E. D. Ross erschien im April 1898 im Journal of the Royal Asiatic Society unter dem Titel:

Fresh Light on Omar Khayyam.

Ferner hat E. D. Ross 1900 zu einer Ausgabe von Fitz Geralds Übersetzung von H. M. Batson eine biografische Einleitung geschrieben.

Eine Faksimile-Ausgabe mit Übersetzung, Bibliographie etc. wurde von Heron Allen herausgegeben. Zweite Ausgabe 1898.

1899 (April) erschien, gleichfalls in dem Journal of the Royal Asiatic Society, ein Aufsatz von E. G. Browne unter dem Titel: Yet more Light on Omar-i-Khayyam, hauptsächlich biografisch-chronologischen Inhalts.

Der 1906 erschienene zweite Band der großen Literary History of Persia von E. G. Browne enthält eine eingehende Abhandlung über Omar auf Grund der neuesten Forschungsergebnisse und im Rahmen der Zeitgeschichte.

Eine nützliche Zusammenstellung der Literatur über Omar Khajjam gibt Whinfield in seiner Sammlung der „Quatrains of Omar Khayyam", 1901, 11. Auflage.

Der dänische Gelehrte Arthur Christensen hat Omars Sinnsprüchen mehrere Monographien gewidmet:

1903 erschien in dänischer Sprache Omar Khajjams Rubaijat.

1905 Recherches sur les Rubaiyat de Omar Hayyam.

Dieses Werk, welches die Ergebnisse der bis dahin erschienenen Untersuchungen verwertet, ist neben Brownes Literary History of Persia besonders geeignet, in das Studium des Dichters einzuführen.

1906 veröffentlichte Dr. A. Christensen in der Zeitschrift „Le Monde Oriental" einen Auszug des von ihm aufgefundenen „Traite de Metaphysique de Omar Hayyam".

Neuerdings erschien noch von Prof. Dr. A. Christensen außerordentlich geschmackvoll in persischem Stil ausgestattet eine metrische Übersetzung von 150 Vierzeilern Omars in dänischer Sprache unter dem Titel Omar Khajjams Epigrain – Digte. Im Gegensatz zu den vielen Wiedergaben der Verse Omars, welche neuerdings in den verschiedenen Ländern, besonders auch in Deutschland, lediglich aus bereits vorhandenen englischen, französischen oder deutschen Übersetzungen ohne Kenntnis des persischen Originals verfertigt worden sind, gehört die Übertragung Christensens zu den wertvollsten, da sie auf der eingehendsten Kenntnis Omars, seines Volkes und seiner Zeit beruht und in der Form künstlerisch vollendet ist.